UNA VIDA DE BIBLIOTECAS ESTELARES
Gruppo A.V. Italia S.r.l.
Número de IVA 03624001206

PUBLICADO EL 14 DE AGOSTO DE 2021, BOLONIA

Asonancias tácitas

Una vida de bibliotecas estelares,
Gruppo A.V. Italia S.r.l.
Número de IVA 03624001206
6 de agosto de 2021

ASONANCIAS TÁCITAS

Francesca Terrazzino

PREFACIO

Una autora increíblemente polifacética y multifacética, escribe romance como pulp, contamina a Lansdale y se hace eco de King e inventa, inventa sin la modestia del escritor imberbe.
Se sorprenderá al congelar sus pensamientos y comprenderá cuál es el miedo de su respiración al leer estas páginas. Una concentración de adrenalina, suspense y giros. Reales, bien dados, como los uppercuts del protagonista. Desearás no haberlo leído, porque te asaltará la impalpable duda de que te ocurra lo mismo, en una ciudad banal. Arrastrada, afilada, sucia, la idea de ser una mota de nada contra la que el destino se ensaña. Esto es lo que les ocurre a las protagonistas de Asonancias tácitas, las mujeres de carrera se convierten en espíritus, en campeonas de lucha, en jóvenes heroínas vengadoras y nada, pero realmente nada, es lo que parece, todo se descubre y la novela, que inicialmente parecía un romance duro, se convierte en un abrir y cerrar de ojos de Times New Roman, en un rítmico thriller de contenido candente.
Un consejo, si eres ansioso y un poco impresionable, cambia a la serie habitual de Friends y olvídate de Tacit Assonance.

CAPÍTULO UNO

"¡Basta de moralinas aburridas! ¡Me gustan los hombres con una gran polla! Y no me cabrees con tus habituales historias de mojigatería judía... se me escapa por qué a mi edad no debería llevar faldas o escotes.

Y no veo por qué no deberías hacerlo: dieta, peluquería experta, manicura y un bonito vestido y seguro que cerrarías los tratos tan fácilmente como yo. Ahora vete, te espero mañana con el informe de ventas y que tenga sentido escucharte por mí".

Había levantado la voz, estas mujeres recién graduadas y con biberón querían que entendiera que era complicado vender mi producto, complicado conseguir precios de mercado y ceñirse al plan de negocio que habíamos presentado en enero.

Complicado a no ser que te presentaras a la clientela con un traje de modelo, o de prostituta, traducido a mi idioma.

No me sentía ni modelo ni prostituta con el traje de chaqueta y pantalón de raso de Valentino. El problema estaba debajo... debajo de la chaqueta un precioso picardías de encaje negro de La Perla y la exuberante blancura de mis pechos, haciendo un guiño a las brujas diáfanas.

Los avergoncé.

Fui demasiado fiel a la realidad, a la verdad.

En mi vara de medir, la verdad estaba representada por el suave aroma de la glicina en flor, tranquilizador como un túnel de olor intemporal, en el que el propio tiempo se detenía, perdido.

Me gustaba ser provocativo y provocador. Sabía que mi éxito se debía a la belleza y la sensualidad que los hombres ansiaban poseer. Debido a la idea de mí, largas piernas bronceadas con tobillos tan finos como un carril de la autopista de Londres a Yorkshire, alternando suavemente colinas de hierba verde con los siempre presentes Louboutins como perversos signos de interrogación. ¿Me encuentras atractivo? ¿Te gusto?

Por qué escondernos detrás de tontas ropas castas y cubrirnos, cuando la sociedad desenmascaró nuestro verdadero pensamiento: poseer, tocar, contar los centímetros de piel desnuda tendida en la hermosa cama de seda antes del coito.

Todo acababa allí como un embudo voraz o ansioso, la publicidad, el pensamiento, la moda, el comercio, los valores.

Tener sexo.

Haz mucha cantidad y de buena calidad.

Lo entendí desde muy joven e hice de ello un arte.

Vendía productos de belleza.

Los vendía a todo el mundo, a través de todos los medios posibles.

No era un orador, no tenía talento. No tenía ningún título universitario y mi cultura era de clase media y provinciana.

Sin embargo, yo era relevante en este siglo porque era hermosa.

Siempre lo había sido.

Hermosa y sensual.
Y los hombres me querían.
A su lado para presumir, en la cama para adular, y en los negocios para usar mi misma arma.
Creo que usar la belleza fue realmente mi mayor inteligencia.
Así que tal vez yo también tenía un talento.
El talento de la no interpretación. La realidad se me reveló en su verdadera esencia.
Leí en los ojos de los hombres mi victoria y la aproveché.
¿Por qué lamentar esto?
Era feliz y rico.
Y a los cuarenta y cinco años podía presumir de una bonita S.P.A. con mayúsculas.
Solía comerciar con productos corporales, de maquillaje y para el cabello y los vendía por todo el mundo, y quizá hubiera pensado en cotizar en bolsa y abrir un holding.
Era la socia mayoritaria y la fundadora. Cada decisión necesitaba mi aprobación.
Para llegar a mi oficina en los Campos Elíseos de París había excitado y seducido, conspirado y manipulado como los mejores, Bruto, Casio, Judas.
Sólo las personas adecuadas.
Los que me habían hecho poderoso para darme las gracias.

Yo era italiano. Al llegar a París para anunciar el habitual perfume de venta libre, enseguida se fijaron en mí por mi tez ambarina, mi pelo y mis ojos de cuervo.

Ciertamente, el pelo, los ojos y los pechos no eran una rareza en el mundo de la moda.

Pero los ojos eran diferentes.

Te sumergiste en un líquido de mar y cielo y tierra abrasada y salada, pobre y sucia.

Y saliste de la pobreza a las aguas tranquilas de la venganza y el ardor, de los sueños y las esperanzas. Surgiste en el fuego y las agallas nacidas de la pobreza y la desolación.

Es el resultado de la repetición de los mismos olores, de los mismos sabores que anulan las ideas, anulan las oportunidades.

Sin embargo, su oportunidad estaba ahí. En el azul de sus ojos. En el negro de su pelo. En el olor de la piel curtida y salada por el sudor y el calor abrasador de su Italia.

Y ese vago olor a cítricos que te recibía en los campos pedregosos.

Del amor que siempre la llevó a su tierra.

Mi nombre era Anna. Me gustaba pronunciarlo siempre en italiano, arrastrando las consonantes para alargar el nombre palíndromo, truncándolo enseguida como en un escarpado acantilado en las bizarras aguas de la costa de Apulia. Anna y allá vamos, una pirueta en picado desde una colina de mediana altura, las piedras entre los dedos de los pies volando en el aire, lanzadas por el ímpetu del vuelo al dar el salto, brazos y piernas enroscados. El mundo giraba y volvía

a girar, el cielo y el mar, el mar y el cielo, y entonces Anna cortaba el agua salada, espumosa, fresca y acogedora, asimilándolo todo y devolviéndolo con una larga bocanada de aire refrescante y beneficioso.
Anna, como dicen los aldeanos, en voz alta, llamando a la hermosa mujer e invitándola a dar la vuelta por las estrechas calles, caminando sobre los adoquines del pueblo con sus faldas revoloteando y sus piernas bronceadas, suaves y tentadoras.
Se quedó sola en la sala de reuniones, miré la ventana de cristal, afuera llovía. El tiempo en París no era suave.
Han llamado a la puerta.
Entra, estoy listo para el segundo asalto.
"Anna, tenemos que abordar el tema de la venta de las acciones mayoritarias de Cosmic Corporation a Art Defender S.P.A. Es un acuerdo lucrativo, quiero resumir los beneficios para ti, tienes la reunión con el CEO de Art el jueves en Londres. Tienes que prepararte".
Defensor del Arte, lo olvidé, tenía que tomar una decisión. El que hablaba en voz baja era mi contable, el maestro contable, el que llevaba todas mis cuentas bancarias, incluso las off shore, la persona en la que más confiaba. Un hombrecillo calvo y con gafas, como todo contable transparente en el imaginario común, presente, con una memoria elefantiásica, tan ingenioso y paciente como fornido y de andares precarios.
Como si se sintiera estable sólo ante sus recuentos y su aplicación.

Le miré y se sonrojó, como un adolescente recatado.

¿Sueña conmigo? ¿Me ha imaginado?

Inglés de nacimiento, francés de profesión y mío para todo lo demás.

"Le hablaba en inglés, un inglés revisado con un marcado acento italiano, pero que a los propios ingleses les gustaba porque tenía el sabor de lo exótico.

Se acercó temblorosamente con su portátil en las manos, como un bebé llorón.

Conectó laboriosamente el PC a la cal y comenzó la presentación de diapositivas.

No me interesaba. Quería un hombre. Un hombre caliente en particular, caliente como un italiano.

"Como veis devolveríamos una gran suma, estamos hablando de 10 millones de euros, con una exposición inicial de 500.000 mil euros y la consecución en 6 meses".

"Le damos el 51% de mi primera empresa, facturamos mucho en cosmética, este año hemos aumentado un 3% sin costes añadidos". Le contesté.

"No estás convencido". Evidentemente, era una declaración de hechos.

No, no estaba convencido, crear mi primera empresa me había costado mucha prostitución con uno de los financieros más ricos de la Cosmetic Corporation, para conseguir el dinero sin intereses, el dinero que me había permitido empezar.

Había querido humillarme, atarme y golpearme con una especie de látigo sobre mi piel desnuda. Y sonriendo, había tenido que tragar sus humores y su asquerosa semilla.

Sí. Me molestó bastante.

Tenía la desagradable costumbre de apretar mi pecho derecho. Lo toqué ahora, para asegurarme de que permanecía como un intrépido soldadito en su sitio. Cariño, has hecho tu trabajo estoicamente. El pervertido había desembolsado finalmente 5 millones de euros sin intereses y por puro mérito a la persona de mi persona.

Nunca regresó.

No hay papeles firmados.

Renunciar al 51% de lo que considero el mejor negocio que podría haber concebido mientras estaba vivo y despierto, fue un poco deprimente.

Por supuesto, sólo me pagaban la mitad de las acciones, el doble de lo que me costó crearla.

Después el pobre vino a suplicar mi amor... ¿¡Amor!?

¿Realmente pensaba que yo disfrutaba colgando como un salami del dosel de su cama en Suiza?

Y nunca se había imaginado que mis disfrutes fueran artefactos, porque era un hombre pensado para sí mismo y atiborrado de su ego.

¿Cuántos años habían pasado? Cuatro, quizás casi cinco años.

"Anna, con ese dinero podemos mejorar los otros derivados y hacerlos crecer".

"Leonard, sabes que no soy una mujer educada, pero he aprendido que quien llega primero se lleva todos los beneficios del mercado. Las otras empresas, aunque invirtamos, siempre serán menos rentables porque llegaron más tarde. Imagínate Coca Cola, no es que Pepsi sea menos buena. Sólo quedó en segundo lugar".

"Ana pero que dices, el tiempo en las gráficas es claro, mira, dentro de 2 años si impulsas la logística y la publicidad online, obtendrás los mismos resultados que el primer Corporativo incluso con hermanas".

"No. Les daremos el 49%. Por un coste menor, por supuesto. Dile al director general que iré yo mismo a organizar el traslado. Pero los poderes de la firma siempre permanecerán conmigo".

"Puede que no acepten. Y busque a su alrededor empresas que se impongan en el mismo mercado que nosotros".

"Aceptarán". Luego se inyectó unos cuantos centímetros cúbicos de bótox.

Se tocó los labios. Bien. Siempre estaban llenos, pero podía hacer una limpieza con ácido glicólico y un masaje drenante.

"Sé lo que estás pensando. Te conozco desde hace muchos años. Y tú eres hermosa, siempre". Volvió a sonrojarse y se detuvo un poco, recatada.

"Pero puede que no consigas el consentimiento del Consejo de Arte".

"¿Por qué? ¿Parezco un poco viejo?"

"No exactamente, eres hermosa". Tragó saliva.

"Vamos no le des importancia, ¿qué es?", me sorprendí.

"El director general es un inglés metódico, taciturno e intransigente. Conocido por su moralismo".

"¿Y? ¿Cuál es el problema? ¿Es un gay?"

Honestamente, había aprendido que incluso los gays podían disfrutar viendo ...

La sexualidad no tiene limitaciones cuando se combina con la capacidad de percibir al otro.

Todo deseo.

Entender lo que era el arte.

"No, no. Al menos no lo creo, no sé nada de él. Es un verdadero inglés de la escuela luterana".

"¿Qué quieres decir? ¿Los ingleses no follan?" Elegí a propósito ser vulgar, estaba disfrutando al notar su vergüenza.

"¡Anna! ¿De qué estás hablando? Por supuesto que tiene relaciones en la cama. Pero no de negocios y de cama. Y además es un noble inglés, un duque, relacionado con el linaje de los primos de la reina Isabel. Sé que no significa mucho para ti, pero los ingleses son muy apegados a la corona y a sus muestras de honor".

"No te sigo, no quiero convertir a Inglaterra en una República, ¡deja que los isleños crean y voten lo que quieran! Sólo quiero vender el 49% y no el 51% de mi empresa. Si el Señor coopera bien, si no, ¡una patada en el culo!"

"Te inflamas enseguida... esa es tu peculiaridad". Suspiró. Él me amaba. Me estaba perdonando.

"Sabes que soy supersticioso. Vender el 51% es lo mismo que vender la empresa, y es la primera que hemos creado. No quisiera que fuera mala suerte. Este, este Señor, lo superará".
"Creo que Inglaterra no está preparada para su desembarco".
Nos miramos a los ojos y nos echamos a reír juntos.
"Resérvame un vuelo. Quiero llegar un día antes y tener una cita informal con este hombrecito. "Pero antes del coiffeur y de un día completo de belleza... masajes, etcétera, contacta con mi cirujano".
"Pero no necesitas nada... eres simplemente hermosa".
"Necesito, necesito... como todas las mujeres hermosas para gratificar mi reflejo".
Asintió y se alejó con tristeza.
Sabía que me iba a follar al director general y quizá a toda la junta de Art Defender Spa.

"No entendí bien... "Acababa de aterrizar en mi suite habitual en la ciudad, en Piccadilly Circus.
"El Sr. Hoffman hizo llegar un agradable mensaje para usted que dejamos en su suite. Se aseguró de que se le notificara inmediatamente". El conserje fue extremadamente diligente.
"Perfecto, déjame llevarte a mi habitación. Deseo descansar, no pasar llamadas". Me dolían los talones, el avión había llegado con 40

minutos de retraso, el conductor de la limusina se había perdido y no la reconocía y seguía lloviendo.

Ansiaba el cálido sol en su piel. Incluso el sol de septiembre, ese que no te quema sino que sólo te calienta agradablemente penetrando en tu carne y vigorizando tus huesos.

Sentí la humedad en mí. El mármol plomizo y frío de la soledad.

"Alfred les mostrará sus habitaciones. Disfrute de su estancia, señorita Sevaldoni".

Abrieron las puertas de la suite, siempre hermosa, en el último piso, decorada en beige, suave en las alfombras, cómoda en los sillones, espaciosa y fresca en la cama.

En el centro de la sala hay una hermosa mesa de cristal cubierta por completo con un enorme ramo de rosas blancas virginales.

Me acerqué. Un regalo, por supuesto.

Del Sr. Hoffman, evidentemente.

Los hombres dan para poseer.

Las mujeres aceptan, fingiendo no darse cuenta.

Abrió la elaborada tarjeta mate con garabatos barrocos en las esquinas.

Mal gusto, demasiado esfuerzo.

"Debo rechazar nuestra cita temprana. En cambio, te espero en el día fijado por el Consejo con tus mejores intenciones para nosotros. M.H."

Me dejó plantado.

Evidentemente, le aterrorizaba que le hiciera desviarse de sus intenciones.

Saqué mi móvil, me desplacé rápidamente por mi agenda, en Londres, Peter estaba lamiendo coños como pocos. Estaba bien, para quitarse la molestia de las flores falsas.

CAPÍTULO DOS

El agua tonificó mis músculos entumecidos, fresca, vigorizante, fluyendo suavemente con alegres murmullos sobre mi piel.
Con Pedro había disfrutado intensamente, el orgasmo seguía dentro de ella.
Con cuidado.
La había tomado con empeño y pasión, para no dejar que olvidara su devoto placer, el lánguido Pedro, rubio de pelo y con la piel casi transparente pero con dos ojos azules muy claros que parecían una acuarela descolorida.
Y con ese fervor hacia él, esa incurable sumisión reconfortante.
Me quedé mirando las sábanas arrugadas de la gran cama de matrimonio.
Me dio bastante pena volver a tumbarme donde había consumido mis orgasmos.
Los humores chocaban con mi deseo de limpieza y orden.
Fue como huir y volver. Pero con el castillo en orden.
Cogí el teléfono y pedí un coche y que me prepararan la habitación.
¿Qué desplazamiento se ha perdido?
Un desplazamiento cómodo.
Quiere al conductor.
No.
15 minutos señorita y un cómodo coche Smart con transmisión automática y volante a la derecha habría estado listo para ella.

Se le cobrará directamente en su habitación.

Evidentemente.

Llevaba ropa interior de raso blanco, un jersey rosa de cuello alto y unos vaqueros pitillo. Botas de cocodrilo hasta la rodilla para no confundir la naturaleza de la cazadora.

Estaba lloviendo.

El coche Smart que me esperaba era de color rosa neón, precioso, felicité a la conserje, me había interpretado sin dudarlo.

Me sonrojé, te gusté, ¿verdad?

Qué maravilloso es sentir un imán de deseo sensual.

Entré en el habitáculo, el coche olía a goma y plástico, vagamente a ambientador de coche de color naranja, en general muy agradable.

El olor de los coches nuevos siempre le resultaba agradable, tan agradable como un nuevo amor.

Puso a Brighton en el navegador, estaba lejos, es cierto, pero el largo puente de madera del puerto siempre había sido uno de sus destinos favoritos. Las barritas cargadas de dulces y juegos, sabores y novedades, la novedad como oportunidad de golpear al oso y llevarse un beso a casa. Un beso de la belleza de turno, de la chica más golosa, del amigo con el que sueñas por la noche.

Y caminar, incluso con el viento cargado de lluvia en el muelle envejecido, era agradable y familiar por el aire salado que hería sus fosas nasales, frío y salado como el invierno en su tierra.

Le vendría bien un largo fin de semana a solas, el orgasmo que acababa de alcanzar le duraría al menos dos días antes de sentir la conocida languidez.
Ella quería cambiar, Peter ya la estaba aburriendo.
Habría estado listo para el Consejo del Defensor del Arte el lunes siguiente.
Apagó el teléfono.
El silencio.
La soledad.
Apretó el acelerador.
Le hubiera gustado encontrarlo todo en un hombre, quizás eso ya no era posible.
Tal vez era probable encontrar algo en cada hombre y conformarse con el rompecabezas, hacerlo bonito y cómodo y seguir adelante.
Conducir por la derecha era realmente complicado, quizás hubiera sido mejor reducir la velocidad.
Pero la ligera llovizna la molestó.
Se sentía invencible.
Hermosamente excesivo y poderoso.
Y las botas de cocodrilo, la música rock rugiente, contrarrestada con el sonido de los pistones y las bielas bombeando potencia al motor.
Era imposible frenar la carrera de su vida.
Señora egocéntrica, absoluta o disoluta de un pequeño imperio cosmético.

Acarició uno de sus pechos, que estaba hinchado y turgente por la excitación, bajó las ventanillas y el aire cortante le azotó la cara, moviendo los mechones negros de su pelo con locura.
Gotas de humedad invadieron la cabina.
Los limpiaparabrisas comenzaron a moverse rápidamente, estaba lloviendo.
En la siguiente curva frenaba.
Siempre en el siguiente obstáculo.
De repente, vio aparecer en la carretera lo que parecía una vaca.
Una vaca estúpida. Una vaca inútil y herbívora que pronto acabaría con una banal guarnición.
Quiso evitarlo, pensando en el desastre que resultaría en su coche glamuroso, un desastre de carne, sangre y vísceras.
Al esquivarlo, perdió el control del coche, la carretera mojada, los neumáticos quizás poco inflados o de bajo rendimiento, el coche Smart derrapó hacia la izquierda y acabó en la hierba durante un largo tramo, afortunadamente la carretera era plana, hasta que se topó con unas rocas. Atrapado como una espada en una piedra.
El airbag estalló, el cinturón le recortó el torso y el hombro y la sujetó al asiento del conductor.
El humo la envolvió.
Las buenas acciones no tienen recompensa al final.
La nueva carrocería de ese coche de caja habría costado lo mismo que un coche nuevo, con suerte sin comprometer el motor, de lo contrario se habría arruinado.

La compañía de seguros habría disfrutado deduciéndolos de su tarjeta de crédito.

Pues bien, Santa Mercedes, que sabía construir coches, no tenía ni un rasguño.

Esperaba que la vaca fuera atropellada por otro conductor, un inglés, para no tener problemas con la policía local.

Intentó desabrocharse el cinturón de seguridad, pero se quedó atascado, quizá un sistema de seguridad en caso de accidente.

Esto fue un problema, apretado en el cinturón y comprimido por la bolsa de aire era obviamente complicado pedir ayuda.

Pero es evidente que necesitaba ayuda.

Recitó lo que en su memoria parecía una oración.

Casi tuvo que reírse al pensar que su omnipotencia era vilipendiada por una simple vaca.

Hubiera sido más honorable denunciar una manada de búfalos, o de caballos, caballos salvajes.

O toros. Toma, toros.

Desde la distancia, su oído la alertó del sonido de otro motor cercano, un motor diferente, más redondo y crepitante, fuerte y galopante. No está amortiguado como el de un coche. Tal vez un tractor, aunque tenía su propia velocidad, lejos de la claridad de un tractor.

El ruido se hizo cada vez más fuerte y de repente se apagó.

No podía ver nada, el humo y la bolsa de aire le bloqueaban la vista.

La puerta se abrió de golpe, a fondo y con ímpetu. Tanto es así que imaginó que se caía al suelo por el esfuerzo que había soportado. El aire ligero y frío entró en la cabina.

El humo se escapó.

Una silueta escoltada con otros sentidos que los ojos se inclinó sobre ella.

"¿Estás bien?", preguntó con un perfecto acento inglés, quizás de Oxford o Cambridge o de alguna universidad famosa por el polo, los uniformes de cadete y la posibilidad de sentirse importante.

"Sí, gracias, schiacciata... ", murmuró en su muy italiano inglés, que había aprendido en clases nocturnas y que aplicaba con tanta constancia en cada reunión que se convirtió en una tercera lengua, un híbrido de las dos, exótico, como muchos decían, pero que le venía bien.

¿Y cuándo han escuchado realmente? ¿Cuando aparecía en las reuniones con las ideas claras y el guepierre asomando por debajo de las faldas? O mejor dicho, cuando decidió no llevar ropa interior y sus alter egos lo aprendieron sin tapujos.

"Te ayudaré. Tengan paciencia, la sacaré. Vuelvo enseguida".

"¿Y dónde quieres que vaya?"

Tuvo que reírse. Pero se dio cuenta de lo fácil que era ser un héroe, con ella apretada como una salchicha entre el asiento y el volante.

Que era un héroe rápido.

Volvió a su cuadrante visual, tenía algo extraño en la cabeza. Un casco de moto y dos grandes gafas con lentes de color naranja. Un pañuelo

negro con pequeños estampados de uniforme se bajó bajo su barbilla, dejando ver una pizca de barba marrón y suave.
Pensé que realmente quería jugar al héroe, ahora entendí el ruido particular, era un motociclista.
Tal vez podría agravar momentáneamente mi condición en favor de su gesto.
Se había detenido, quería ser útil. Y tenía una mandíbula cuadrada, bastante sensual. Labios ocultos por un bigote. Dientes muy blancos.
"Ayúdenme, por favor... no puedo respirar", sin exagerar Anna, de lo contrario acabará en el hospital en lugar de en sus brazos.
"Sí, perdóname por ser demasiado lento, no quiero hacerte daño".
¿Hacerme daño?
Me fijé en el largo cuchillo que tenía en sus manos.
En un instante, el cinturón de seguridad se cortó.
Hizo estallar la bolsa de aire. Con un largo silbido, se desinfló frente a mi cara. Los mechones de pelo se enredaron. Se echó a reír.
Sonó como un largo pedo. Desde luego, no era propio de un primer encuentro amoroso con un desconocido.
"Si se ríe, obviamente no es tan malo".
Parecía molesto. Tenía razón, el dios de la testosterona necesitaba ser satisfecho, él era el hombre.
Yo mujer.
"No me siento bien, no. ¿Puedes ayudarme, me temo que me voy a desmayar".
"No creo que se desmaye".

"Oh, sí, te lo juro, estoy mareado y con náuseas. Por favor, apóyenme".
Extendió sus brazos para que me apoyara en ellos.
Parecía uno de esos hombres de Lego que se ponen y sacan de los coches.
Llevaba una chaqueta de cuero envejecido con el logotipo de Triumph escrito en negro en el pecho. Tenía los hombros anchos, el pecho grande de un deportista. O bien, los protectores de la chaqueta aumentaron las proporciones.
Llevaba unos vaqueros, viejos o especialmente desteñidos. Y botas moteras de cuero oscuro.
Me di cuenta de que ni siquiera se había quitado los guantes de cuero negro.
Era muy alto, muy grande, ocupando casi todo el lugar del sol.
Y debajo de él, la penumbra parecía casi dichosa.
Dejé que me llevara, me sacó de la cabina en unos momentos de vuelo.
Y subí volando como un diligente soldado de Lego.
Mis pezones se endurecieron.
Eran mi fiel radar. Estaba frente a un hombre interesante, siempre y cuando siguiera oculto por su casco y sus grandes gafas de motero.
"Alejémonos, por si acaso no hay fugas en el motor".
"Sí".
Me apoyó desde un lado y me llevó literalmente a dos metros de distancia, cerca de su moto. Creo que un paso del mío fue igualado por tres del suyo.
"Siéntate en la moto, hay un caballete, es seguro".

He mirado la moto. Faro redondo, depósito delgado en pintura negra brillante, acero cromado, sillín en cuero con dibujo de diamantes, también negro.

Echaba humo por el escape bajo.

"Me asusta".

Se rió, un sonido largo, gutural, ronco y humeante.

"No seas un niño, no te hace nada. Pero no te apoyes en los silenciadores, porque están al rojo vivo".

Permanecí en silencio. Sin movimiento.

Me sentí como un niño.

Estaba fuera de mi país, incluso de mi país de adopción. Sola, sin mi bolso, tarjetas de crédito o teléfono móvil.

Ojalá ahora tuviera un marido al que recurrir. Un marido cariñoso que se haría pasar por el marido y vendría a rescatarme en el páramo húmedo.

Un marido que era una pequeña pieza de ese rompecabezas que, al unirse, quizás me hubiera dado la felicidad.

La felicidad. Para ese desconocido, la felicidad estaba probablemente allí delante de mí, con dos ruedas y un manillar, y el cromo brillando al sol, tan pronto como se dignó a aparecer en ese frío país.

"Muy bien. Me apoyaré con el culo, sin sentarme". Así que lo hice.

"¿Te has mareado?"

Sacudí la cabeza, no.

De hecho, quería follar con él, pero era poco delicado confesarlo.

"Quizá pueda al menos quitarse las gafas".

Para que podamos ver cómo eres.

"No lo considero necesario, también porque tengo la intención de recuperar sus objetos personales y llevarlos a la ciudad más cercana. Policía y hospital".

"¿Cómo vas a llevarme allí?", pero ya estaba lejos, hacia el coche.

Se llevó mi bolso, una bandolera negra de Chanel y la chaqueta de ante que había dejado en el asiento del copiloto.

Volvió hacia mí, sus piernas eran muy largas. Cruzó nuestra distancia con largas y seguras zancadas.

"Lleva tu bolsa. Por encima del hombro. Te daré un casco".

"¿Cómo?", no entendí.

Sacó un casco de la bolsa de cuero anclada en el lado izquierdo de la Triumph y me lo entregó.

Un pequeño cuenco de cuero negro, con un cierre de seguridad de cuerda.

"¿Qué debo hacer con él?"

"¡Úsalo!"

"¿Lo usas?", puse cara de tonto. No entendí, ¿querría llevarme en la moto?

¡Acabo de tener un accidente!

"Sí es un casco reglamentario, y por ley está obligada a llevarlo abrochado si se sube a una moto, por su seguridad", sonó falsamente paciente.

No me engañas, no eres paciente.

"Vamos, pronto oscurecerá. Y la temperatura está bajando, desde luego no estás vestida para ello", dejó caer, como la mayoría de las mujeres. Por supuesto que ya me había hecho una radiografía, era una mujer, había acabado con mi pequeño coche rosa fluorescente engarzado como una piedra preciosa contra unos peñascos y ahora, por supuesto, tenía una rabieta con un cuenco, sobre mi pelo recién salido de la peluquería.

"Sí, me lo pondré. Y yo iré contigo. Pero hubiera preferido que con tu teléfono móvil llamaras a una ambulancia y a una grúa".

"El pueblo más cercano sólo tiene una ambulancia y necesariamente creo que debería reservarse para casos más graves que el suyo".

"Ah... gracias".

"En cuanto a la grúa, no creo que sea conveniente para ti. Está muy lejos de la ciudad. Haré que mi mecánico venga aquí con las herramientas y el cabrestante, y lo volverá a poner en marcha. En Londres, porque es de donde eres, por supuesto, lo arreglará".

"DE ACUERDO". Me quedé atónito. Tal vez incluso había ensanchado la boca en un gesto de asombro y éxtasis.

Me puse el casco, el pelo moreno no cabía así que lo dejé suelto.

"Tendrás frío, así que agárrate a mí todo lo que puedas, te mantendré al margen del aire. Poner los zapatos en los pedales, no en los silenciadores. ¿DE ACUERDO? ¿Lo entiendes? Te lo pregunto porque tengo entendido que no hablas bien el inglés".

Asentí, entendí, comprendí.

Me senté a horcajadas sobre su espalda.

Y me aferré.

Puso en marcha el motor y el rugido sonó con fuerza en mis oídos.

CAPÍTULO TRES

Cerré los ojos, el aire frío azotaba la piel de mi cara como pequeños latigazos helados.

Una vez me tocó azotar a un viejo armador griego con un gato de terciopelo de nueve colas.

El sucio se arrodilló, dejando colgar sus viejas y flácidas intimidades, esperando que las hiriera con la humillación de la sosa vara.

Y disfrutaba de la penetración de un juego de adultos que me sujetaba con un cinturón a la cintura, con la máscara de tul sobre la cara, con el antifaz para no recordar la emoción y la ilusión de poder que ese momento me daba y que en cambio sólo eran humillación y vergüenza cuando me despertaba por la mañana.

Pero se me había dado mucho dinero por esa conducta. Y lo había tomado todo.

Y lo había olvidado.

Me escondí un poco detrás de mis enormes y musculosos hombros, esperando que disimularan la fría e incómoda sensación de haber dejado de ser una virgen, una virgen de la emoción.

Me hipnotizaron las curvas y el cuerpo que, al unísono con la moto, bajaba hacia la derecha y subía, y luego volvía a bajar hacia la izquierda y subía. Tenía ganas de perderme.

Y si me hubiera dejado caer, abandonado en el vacío del aire.

No el asfalto bajo las ruedas que circulan, sino el aire y el agua y el limbo denso para borrar, purificar, sanear, conduciéndome de nuevo vivo y puro a un nuevo yo.

Tal vez me solté de su agarre porque las grandes manos tomaron mi muñeca en fuga y me pusieron en su lugar.

Como una diligente construcción de Lego.

Volátil e intrépido, él mismo había creado el escenario en el que me rescataría y me llevaría al hospital.

Con las rendijas de mis ojos, vi las luces de una ciudadela. La niebla había descendido, la oscuridad nos ocultaba de la vista, los faros apenas iluminaban bancos de niebla densa y humeante como en las pesadillas de los niños con lobos y ogros malvados.

El motor perdió algunas revoluciones, estábamos frenando.

Pude oírle gritar algo sobre nuestra supuesta llegada, el cansancio era muy grande ahora. Hecho de horas y días y años de soledad.

Se detuvo.

"Hemos llegado. Es el hospital de Brungenwald. Ellos te tratarán".

Apreté mi agarre.

Se dio la vuelta, obligándome a aflojar mi agarre en su pecho.

"Baja".

Le miré atónito.

"No puedes abandonarme aquí".

"No."

"Por favor. Tengo frío. Tengo miedo. No estoy acostumbrado".

Qué falsedad, estaba acostumbrado a tener miedo y frialdad y esa especie de barbaridad emocional que me había permitido ganar siempre. Pero ahora no. Realmente necesitaba apoyarme.

"Tengo un compromiso importante, ya se me ha hecho tarde, tengo que dejarla entrar sola, luego volveré a verla y preguntaré por su salud".

"Por favor, tengo ganas de llorar, ella no lo sabe pero realmente necesito que se quede conmigo. No puedo hacerlo solo yendo allí, llamando a la grúa, arreglando el coche. Por favor".

"¿Cómo te sientes?"

"Aturdido".

"Sí, pero realmente, ¿cómo te sientes?"

"Bien". Estaba avergonzado.

"Entonces la llevaré a mi casa. Dormirá en la habitación de invitados. La Sra. Boff cuidará de ti. Y lo organizaremos todo desde el chalet. Así puedo llegar a mi cita casi a tiempo".

"¿En su casa?" Las imágenes de cuerpos desnudos se abrieron paso en la mente nublada por los páramos ingleses, y los rugidos de los motores de época, y las pequeñas insignias en las bufandas de los moteros y las gafas naranjas que ocultaban unos ojos exigentes y serios.

"O en mi casa o aquí. Pero elige rápido porque tengo prisa".

"En su casa", y se me escapó una sonrisa tímida que una virgen no ensancharía realmente, quizá más bien la de un tigre hambriento divisando a su presa entre el follaje.

"Parece satisfecha".

"Sí. Lo soy". ¿Por qué mentir?

Volvió a arrancar el motor.

Nos alejamos del pueblo, pero sólo brevemente, la moto se encajó en un camino estrecho, la llovizna caía con fuerza. Ahora estaba completamente mojada.

Imaginé una ducha caliente, un té humeante y una chimenea encendida crepitando enérgicamente para mí.

Pero cada vez tenía más frío. Tenía las manos entumecidas y heladas, aunque intentaba protegerlas en los pliegues de mi chaqueta de cuero.

Finalmente la moto perdió revoluciones y pareció detenerse.

Por fin pude ver el silencio. Y una casa envuelta en el follaje rojo de una enredadera tal vez, no pude ver con claridad.

Era una vieja casa en el páramo, con un tejado rojo inclinado y paredes cubiertas de hiedra y rosas trepadoras y grandes ventanas rectangulares en las vastas habitaciones, sobre las que se alzaban chimeneas de piedra y piedra con conductos de humo extraordinariamente anchos.

"Baja".

Un poco de grava roja corría por el camino hasta los escalones de la puerta de entrada.

La puerta se abrió lentamente y un trozo de luz como un pastel se abrió para iluminarnos, dos siluetas oscuras en la oscuridad del atardecer.

"Está lloviendo, señor, se va a mojar. Entra".

Probablemente la criada.

Todavía no había bajado.

"Ven, la señora te dará sopa caliente y ropa seca".

Me cogió la mano.

No sabía qué hacer de mí, si el tímido o el atrevido. La virgen o la prostituta.

El alma blanca o negra que había conocido tanto y tantas formas de placer.

Me estaba balanceando. Y me sentí mareado dentro de ambos.

Tal vez yo era la crisálida y aún podía sufrir una metamorfosis para complacer a este amable hombre.

Tal vez todavía podría ser mejor y olvidar.

Para él yo no tenía nombre.

Con él no podía recordar mi nombre.

Descendiente.

Le di la mano.

"Qué cálida bienvenida, y se puede oler su caldo. Tomaremos una taza enseguida. Gracias".

"Sir Beaumont le ha estado esperando en el estudio durante unos 30 minutos. ¿Quizás le gusta que estés en el estudio?"

"No, para la joven. Me apresuraré con el Sr. Beaumont y estaré con usted. Por favor, cuida a la niña, baño caliente, ropa seca y cómoda y sobre todo su caldo".

Observé la escena como si estuviera aturdido.

Le vi quitarse el casco y soltar una espesa cabellera rojiza, pequeños rizos cortados para ser domados probablemente.

Ojos verdes aguamarina muy claros. Y pecas en su nariz aguileña. Si no llevara barba habría parecido un adolescente en moto.
Sin embargo, el blanco de los pequeños pelos de su barba rubia y rojiza, de las sienes y de las cejas, y algunas pequeñas arrugas en las comisuras de los ojos y de los labios, decían que no era un hombre sin barba.
Pero bonito.
Me miró fijamente.
El casco me obstruía y estropeaba mi belleza.
El frío había blanqueado la carne de su cara y sus labios. Sus ojos estaban muy abiertos y asombrados por el día. Del nuevo día con su vagón de nuevas emociones.
"Ve".
Se dio la vuelta y se alejó.

CAPÍTULO CUARTO

El agua hirviendo corrió sobre mi piel enrojecida.
El vapor empañaba la cabina de ducha de cristal y tímidas gotas de vapor húmedo goteaban del tablero de piedra roja que completaba la austera ducha inglesa.
Una cascada de agua a borbotones y chorros de vapor de grifos ocultos, coloridos y en miniatura, en las paredes.
Se sintió renacer, envuelta en la lluvia de agua, el golpeteo rítmico despejando su mente de pensamientos, añadiendo las emociones de paz y protección.
Salía del agua envuelta en una toalla caliente, suave, blanca y limpia.
Se ponía ropa nueva y se hacía pasar por otra.
Una mujer sencilla y gentil.
Servicial y humilde.
Casta.
No hay pasado.
Habría permitido que la ilusión sustituyera a la pesada realidad.
Y la luz experimentaría.
Miró las cremas y bálsamos que tenía a su disposición; estaban cuidadosamente seleccionados y marcados.
Elección femenina, por supuesto. Marcas como Chanel y Prada. Yves Saint Laurent y una excelente crema de Estè Lauder, en microcontenedores dorados de goma biodegradable, todo dispuesto y ordenado en el lavabo.

Ausencia total de polvo en el cristal que protege un mármol antiguo con vetas en varios tonos de gris.
Una elegante sillita con asiento de terciopelo burdeos y patas curvadas de madera dorada con pequeñas hojas de acanto incrustadas completaba el elegante aseo femenino. Las gruesas alfombras de lana acogieron sus pies desnudos y aún húmedos con pasos suaves, dejando pequeñas huellas tan ligeras como sombras sobre la lana blanca, como sobre la nieve blanca recién puesta.
Desde la ventana, en grandes rectángulos, la lluvia golpeaba los cristales, como la lluvia sobre el vidrio de la ducha que acababa de salir. El mismo sonido de tacones sobre madera, de pequeños martillos sobre clavos, como ideas insistentes. Los que te llevan a cambiar.
La belleza de la habitación la había llevado a una veneración casi obsecuente y dudó en tocar, prefiriendo rozar. La gran cama en el centro de la habitación tenía un dosel de hierro forjado sin velo que la cubriera, pero con una piel de visón blanco muy suave colocada sin apretar a modo de manta.
Una chimenea de piedra roja y grandes piedras de río ocupaba toda la pared frente a la ventana. Se encendió. La madera crepitó alegremente. El olor a roble y abedul y a resina de pino ardiendo estaba impregnado de la calidez del hogar. El vaso se empañó vagamente.
Se acercó a la cama. El lujo ya no la asustaba. Ahora podía poseerla y utilizarla sin miedo. Pero esto era lujo y cultura, gracia y encanto. Era el lujo de una familia que siempre había vivido en la facilidad y la

cultura. Los objetos se eligieron por su significado y combinaron lo viejo y lo nuevo con una clase audaz.

Una gota de agua desfiguraba la composición de la cama, entre las suaves almohadas y sábanas blancas y el pelaje blanco, color crema, del visón en su abrigo de invierno.

Una gota de agua cayó de ella.

Y ya desfigurando. Como un pequeño diablo en el paraíso de las formas y la uniformidad de los colores.

¿Cómo iba a presentarse esta noche en presencia de esta orgullosa y venerable familia?

Se sentía camaleónica y deseosa de ganarse los favores de estos caballeros. Los favores de ese caballero.

Imaginó que su belleza no le afectaría. Estaba rodeado de belleza.

Debería haber estudiado sus andares para captar su esencia y utilizarla en su beneficio.

Imaginó que el sexo no podía interesarle.

El escudo de armas grabado en una piedra de la chimenea, crepitando con grifos alados que se encontraban, cruzando sus colas y lenguas bifurcadas en un abrazo alado sobre un tablero de ajedrez de rojos y blancos, le hablaba del honor y la moralidad. De la ética y la virtud.

La virtud que le había hecho detenerse al lado de la carretera y que no le había permitido vagar sola por el hospital de la ciudad desolada.

No había podido fijarse en la alianza; los guantes habían ocultado la desnudez de las manos.

Pero una mujer había estado allí, cuidando, creando, nutriendo.

Decidió no maquillarse. Se secó el pelo, que estaba perfumado y rodeaba su pálido rostro.

Le habían dejado un cómodo jersey de cachemira beige y un pantalón de franela beige de mujer. Una cómoda ropa interior de lana cruda con pequeñas incrustaciones de encaje completaba su sugerencia.

Unas cómodas zapatillas de piel, ligeramente sobredimensionadas, le calentaban los pies.

Decidió mostrarse tímida y torpe.

Decidió creer que era tímida y torpe.

Ese era su arte, entender lo que quería su antagonista y satisfacer ese deseo. Por ello le habían pagado, mucho y durante mucho tiempo.

Para satisfacer sus deseos, se había transformado muchas veces. Y ella había aprendido más y más. Juegos, trucos, seducciones, algunas incluso divertidas y siempre en su beneficio.

Y siempre valía la pena.

Aquí todavía faltaba el por qué, quizás el camino era el por qué.

Este hombre fue un descubrimiento, su moralidad un desafío.

Acarició ligeramente el montículo de Venus cubierto por la pesada franela de los pantalones donados. Una caricia suave, cariñosa y agradecida por sus rasgos femeninos.

Abrió la puerta, estaba lista.

Unas suaves notas se apoderaron del pasillo de la amplia escalera.

Piano, supuso.

Se volvieron más y más intrusivos, hasta que llenaron toda la habitación. Los siguió.

Las brasas calientes alimentaban una estufa central en el centro de la sala, suspendida sobre el suelo y de forma cónica. Unas ventanas semicirculares de cristal la rodeaban como si se tratara de un brillante abrazo. Unas luces suaves formaban pequeños rayos amarillentos bajo las cortinas de tela, hábilmente dispuestas para seguir la luz de la luna que se asomaba por el cristal.

Un tocadiscos amplificado por varios altavoces ocultos, notas difusas de un piano, junto con la suciedad del disco y el audio antiguo y desfasado.

Dos sillones de cuero envejecido, tal vez una vaca con un abrigo blanco y negro, estaban sentados frente a la estufa, calentándose. En uno de ellos, el propietario estaba escuchando música. Anna pudo ver la nuca y el espeso pelo rojo y una muñeca y un puño sobre los que apoyaba la mejilla, absorto, apoyado en tres cuartos en el reposabrazos del tosco sillón. Quizás estaba descansando.

O esperándola.

Era vagamente embarazoso, no quería perturbar el momento de quietud absorto en la intención de escuchar pero tampoco quería ser excluido.

"Es Debussy".

Jadeó, como si la hubieran descubierto con una enorme bolsa de pepitas de oro, descendiendo por las llamativas ventanas entre las rosas del jardín.

"¿Cómo?"

"Ven a sentarte y a escuchar conmigo".

"Aquí estoy".

"¿Te gusta?"

Por supuesto que la pregunta no tenía otra respuesta, que sí, por supuesto que me encanta.

"Me encanta, es muy evocador".

"Debussy, Clair de Lune".

El disco armonizaba melodiosamente las teclas con pequeñas notas altas, en una mano, y en la otra un remolino de bajos rápidos en cascada, como una balanza que calmaba los sonidos dispensando belleza rítmica y melódica, directamente al corazón a través del oído.

No podía dejarme atrapar, permanecí vigilante observando el perfil rudo y aguileño, el bigote de barba roja que iba desde las fosas nasales hasta el labio, escapando en longitud hacia los lados de la boca y en grosor, mientras que en el centro, en el hoyuelo, permanecía más corto.

A la luz de las brasas encendidas, parecían aún más rojos, y los pequeños pelos blancos se enmascaraban en ellos, casi desapareciendo.

Los ojos con pestañas gruesas y muy claras y pequeños arcos rubios rojizos por cejas.

La alta frente, ligeramente arrugada, con pequeñas marcas horizontales que la atraviesan como paralelos en el globo terráqueo, se iluminaba incluso ahora mientras escuchaban sombríamente la música.

En cambio, su barba es viva, densa, roja, como si presagiara que los pensamientos sombríos podrían mitigarse con una visión verbal más serena, y que aún había mucho que pensar pero aún más que vivir, sobre todo en su moto, en una época de juventud siempre viva.

Un grueso jersey de lana, color crema, de cuello alto, luchaba con los tejidos y pequeños pelos rebeldes se escapaban para esconderse en su cuello.

Le hubiera gustado bajar el cuello del sedoso jersey y oler el aroma del hombre.

Un fuego se apoderó de ella. Un súbito sofoco la inundó, recordándole que seguía siendo ella, una mentirosa, carente de cultura, de arte, una trepadora social que había trepado sobre los cuerpos desnudos de sus competidoras, denunciando, fotografiando, degradando y robando.

Se hizo pequeña en el sillón manchado, duro e incómodo sobre el parqué de roble.

El disco terminó, raspó en el plato y graznó de forma hexagonal.

"¿Lo disfrutaste?" Se levantó.

Era poderoso en la verdad. Como todos los ingleses de nacimiento y ascendencia anglosajona, tenía los hombros anchos y el torso pronunciado típico de la raza, como los escoceses acostumbrados a las temperaturas de los páramos, los vientos fríos y las desolaciones de la llanura rocosa.

Ha quitado el disco. Detuvo el tocadiscos. Y se dio la vuelta.

Lentamente y con reflexión para hacerlo bien, y mientras pensaba en la acción, pensaba en la conversación y en cómo formularla. Y ella misma, reflexionó que estas tres acciones, tardaron más de lo esperado en pensar cómo responder a una posible conversación benévola.

Y cómo realmente no quiso decir nada más que, deshagámonos de la ropa o me desharé de la ropa.

Miró alto y perentorio.

"Sí, por supuesto. No lo sé".

"¿No te gusta la música clásica?"

"En realidad, nunca la escuché".

"De donde viene, tiene un acento muy fuerte".

"Italia. Apulia".

"Interesante. De ahí el pelo de cuervo y la tez aceitunada. Pero los ojos no son de su tierra, tan claros, de la turquesa del mar de fondo pétreo como sólo lo he visto en el exterior".

"Italia sufrió varias invasiones, especialmente en el sur. Alemanes, franceses, las razas se mezclaron incluso durante la Segunda Guerra Mundial, a causa de las violaciones y las incursiones tanto de los nazis como de los partisanos".

"Cierto. ¿Nació en un pueblo pequeño? Como la mayoría de los estereotipos sobre sus compatriotas".

"Sí. Desgraciadamente en el pequeño pueblo junto al mar. Justo ese mar que mencionas, con agua turquesa, como no creo haber visto muchas veces, el fondo de rocas y agua cristalina, y peces de verdad, no los del arrecife por supuesto, sino de colores, nadando en la orilla, entre las rocas y las algas. Sigue siendo un lugar hermoso".

"Parece que lo echa de menos".

Tuve que mirar mis manos. Uñas largas y perfectas de color rosa pálido, dedos con pocos pero valiosos anillos. Antes sólo eran manos de niña.

"Sí. Otra forma de vida. Genuino e ignorante. Era una simple verdad. Reflexioné que el brillo del dinero, confunde la realidad, sugiere interpretaciones, ilusiones. “

"Me gustaría hacerla escuchar a Caruso".

"¿Caruso?"

"Sí, en la interpretación de Hauser para violín".

"Creo que nunca lo he escuchado".

Se dio la vuelta, buscando en la librería que tenía detrás un disco, amarillento en su funda de cartón, vagamente arrugado como el mejor vestido de la historia.

La sinfonía del violín me llegó rápidamente, cálida, dulce, conmovedora.

Me sentí envuelto como en una suave manta de tela, como en el abrazo sincero de un amante enamorado.

Se acercó y me tomó de la mano, levantándome de la silla.

Me abrazó. No con fuerza, sino con suavidad. Y balanceándose, me enseñó a bailar con él.

Apoyé mis manos en sus hombros, muy por encima de mí, y mi mejilla en su pecho.

El aroma a colonia y a lana limpia y a madera en la estufa llegó a mis fosas nasales. Podía oír los latidos de su corazón con el mío en mis oídos y en los míos de nuevo, la música nos arrullaba suavemente a los dos.

El disco terminó, el plato se detuvo. Graznó en estéreo.

"Supongo que tiene hambre".

Asentí con la cabeza. Estaba angustiado.

La emoción del sentimiento se había apoderado de mí, y era tan dulce y afectuoso como podía recordar. Como mi madre, que me quería y hubiera deseado para mí cualquier cosa menos convertirme en una prostituta disfrazada.

"La señora de la casa, mi criada, como habrás adivinado, nos ha dejado una cena magnífica".

"Fabuloso".

"Sígueme, yo guiaré el camino. Necesitarás cenar y dormir bien, por la mañana haré que te lleven a Londres, a tu hotel, donde gestionarás la recogida del coche Smart".

"Me gustaría quedarme unos días aquí con ella". Por supuesto que no había sido inteligente, confesarse tan abiertamente, pero la carga del día se estaba sintiendo.

Me miró sorprendido.

"¿Por qué?"

Aquí había un hombre que no jugaba, que no se escondía y que era sincero.

Así que no hubo necesidad de palabras.

Se requería un esfuerzo considerable para responder a la verdad.

"Porque me gusta y nunca he conocido a nadie como ella".

"Tengo muchos defectos".
"Seguro que más que ella".
"Pero prefiero que los vean de inmediato".
"No me gustaría que mis padres se vieran nunca", y era cierto. Me habría muerto si hubiera aprendido mi vida.
"Vamos a cenar primero. Le debe gustar cocinar".
Me quedé mirándolo. Tenía unos ojos azules increíblemente claros, límpidos, y tal vez hubiera podido leer sus pensamientos a través de ellos, como en un cuadro de Rembrandt, leer las emociones de la joven sentada en el banco.
Me dejó consternado, pareciendo imperturbable y férreo sobre lo mío.
Acarició mi mejilla con la punta de un dedo áspero.
Abrí los labios instintivamente.
Lo quería.
"Vamos hermosa chica italiana."
Y me tomó de la mano. Y de nuevo me pareció sumergirme en mi pasado, como desde las piedras de mi tierra, en el agua que lavaba las impurezas de la sal y el sol y la arena.

CAPÍTULO CINCO

El hombre estaba apagado, como si su autoexpresión estuviera en el espacio que le rodeaba.
Unas pocas palabras, tranquilas y directas en su significado, y luego a su alrededor, en su elemento, todo un abanico de sonidos que lo representaban, como si tuviera una partitura de notas en el espacio que dejaba la banalidad del ruido para abrazar la complejidad de la melodía.
Como un cuarteto de cuerda que le seguía y anticipaba sin miedo, y que con el tiempo representaba los estados de ánimo y los misterios.
Salimos de la habitación y de su solitario crepitar, el tocadiscos se detuvo, afuera la lluvia golpeaba el fino vidrio de las viejas ventanas.
Me condujo al comedor, arrastrando sus toscas zapatillas de lana por el viejo suelo de madera. Una apoteosis de fragancias y colores brillantes, apagados por la luz de dos largas velas perfumadas que, encendidas, iluminaban tenuemente la mesa puesta. Otras velas de tamaño rechoncho y colores vistosos ardían en jarrones de cristal como vasos de agua, y ocupaban toda la cocina en espacios alternos.
El golpeteo de la lluvia nos acompañaba siempre, familiar. La mesa estaba colocada frente a una enorme puerta de cristal que, presumiblemente, a la luz mostraría un jardín de rosas y sauces frente a la parte trasera de la casa de campo sajona.
La lluvia ya no caía sobre el cristal, sino sobre el pavimento cercano a la abertura, presumiblemente protegido por una pérgola.

Latía incesantemente sobre los adoquines de la entrada, resaltada como un trazo de bolígrafo naranja por la luz que entraba desde la cocina, como un espectro de la lluvia.

El ambiente, aunque denso en olores, era más fresco.

Una cocina con grandes quemadores de aluminio, como las cocinas de los restaurantes gourmet, ocupaba toda una pared por sí sola, rematada por una brillante campana de aluminio, ancha y baja para captar todos los humos de los fuegos de abajo.

Una antigua sopera de porcelana con pequeños querubines voladores se encontraba suelta en el estante libre. Un gran cazo estaba sumergido en él. Un pequeño riachuelo de humo perfumado con especias salió de su tapa semicerrada.

Me llevó de la mano a la silla frente a la vidriera, el lugar estaba ricamente dispuesto.

Platos lisos y planos con los conocidos putti voladores, y bordes dorados en los platos lisos que lucían un cálido color salmón a la luz de las velas.

Dos copas, una para vino y otra para agua más grande, ambas de cristal, ligeras con pequeñas decoraciones aéreas blancas en el borde y en la base más sólida.

Cubiertos de plata, más grandes de lo normal, evidentemente antiguos, con rasgos artesanales y un escudo grabado en el extremo. Siempre grifos anudados en una amplitud de formas, dando vueltas en el estrecho espacio de las cucharas y los tenedores.

Servilletas de encaje de San Gall, blancas, etéreas, como el mantel.

"Espero que te guste el caldo de capón, caliente, con picatostes de pan casero".

Los picatostes se colocaron en otro pequeño recipiente de porcelana, todos desiguales y tostados con aceite. El olor del pan caliente y fragante era delicioso.

"Sí, todo se ve muy bien".

La ausencia de sus palabras las había agotado también en ella.

"Sé mi invitado. Te serviré, si no te importa. Dejo que los sirvientes se vayan a casa".

"Sí". Y tímidamente observó sus manos recogidas en su regazo.

No se reconoció a sí misma. Parecía otra ella, como una doble burlona, que le mostraba una vida, una oportunidad, que no era la suya.

"Hace mucho calor". Casi susurraba, la lluvia tapaba cualquier sonido, incluso el de los pensamientos. Las velas se estremecieron irreverentemente, mostrando las sombras de los jadeos, los velos en los ojos asombrados.

Observó cómo el cazo se sumergía y reaparecía cargado de caldo, derramándose lentamente en su plato hondo. El humo espeso y pesado se elevó rápidamente junto con el olor más ligero y sutil de las especias y la carne.

"Por favor, prueba".

Anna cogió la pesada cuchara, un poco más grande de lo normal, como las antiguas cucharas, las de sus bisabuelos, cuando podía recordar su infancia sobre una mesa de madera dura y cuencos de sopa caliente.

El bullicio de los familiares, las caricias de los cabellos.

Con esa carga de amor con la que había crecido, ¿cómo pudo transformarse hasta tal punto, distorsionándose?
el hambre. Todavía recordaba el primer compromiso. Frente a una joya. Era tan increíblemente brillante, que parecía nutrirse de su propia energía, como si cada átomo del sol se hubiera reunido en su interior, para alimentarlo. Y para alimentar la vaguedad de que una sola joya pueda producir un cambio.
Sin embargo, la joya había cambiado, la joya aceptada había sido sucedida por la adulación, el compromiso, las mentiras y los trucos. Cuando sometió a su primer socio por las acciones de su primera empresa, amenazando con extorsionarle más con fotos y vídeos que comprometían claramente su estatus social, ya era una ladrona y una mentirosa.
Inhaló voluptuosamente el cálido olor.
Ante ella aparecieron imágenes de cuerpos aferrados unos a otros.
¿Cómo se puede borrar la memoria?
Y aún en la encrucijada de una nueva elección, ¿bastará con elegir con virtud?
Cuántas elecciones virtuosas serán necesarias, como un Monopoly a la inversa, te volverás más pobre pero más virtuoso, ya no tendrás el curso de la Victoria sino la medalla del buen explorador.
"Me la imaginaba como una mujer charlatana. En cambio, la escucho callada y mansa. Tal vez no conozca bien el idioma inglés. ¿Debo hablar más suave o articuladamente para ayudarla?"
Lo observé. Deseaba que fuera manso. Y silencioso.

Imaginé que lo desnudaba lentamente, a la tenue luz de la chimenea, con la respiración marcada por el tamborileo de la lluvia.

Sonreí y bajé los ojos.

Ya era mío.

Por eso era rico y poderoso. Porque yo era el depredador que esperaba en la esquina inconsciente y agarraba el deseo, convirtiéndolo en realidad. Y de esa realidad me hice insustituible y maestro.

"¿Tal vez es la timidez, la suya?" Insiste, su cuchara se queda insistentemente en el plato, empapándose del caldo, esperándome.

Decidí levantar los ojos, que no estaban maquillados, pero eran profundamente azules.

Sabía que mis ojos eran hermosos. Eran bellos porque los ojos claros nos hacen imaginar a una diosa buena, a una ninfa, a una joven gentil, eran bellos porque el azul era intenso y el iris brillante con la salud del cuerpo. Porque eran profundas y aún sin maquillaje las gruesas pestañas negras de mi tierra estéril, eran el regalo de muchas cenas con poca comida, de una tierra pobre pero con una belleza cruda y fuerte que nunca en el contraste de colores, se pudo ver en otras razas.

Las gruesas cejas siempre negras, sobre una piel pálida por el plomo de Inglaterra.

Le miré.

Noté un ligero enrojecimiento en sus mejillas.

Imaginé que hacía mucho tiempo que no tenía una mujer, y que no estaba acostumbrado a las conquistas ocasionales, o que no le resultaba fácil aprovechar la oportunidad.

Estaba indeciso. Le hubiera gustado hacer gala de su cultura, pero comprendió que no me impresionaría. No pudo comprender cómo cautivarme.

Y no iba a dejar que lo entendiera. Me gustaba jugar a ser mejor, diferente, tan puro como él imaginaba, temeroso y virginal.

Se quedó callado.

Se hundió en mi mirada.

Lo vi perdido en sus pensamientos, pensando en los cuerpos pegados y en las uñas pegadas a las espaldas sudorosas.

Tenía manos grandes, dedos largos, con uñas especialmente cortas y mordidas.

No llevaba ningún anillo.

Manos pálidas, con algunos pelos rubios que se escapan de la huesuda muñeca.

Me los imaginé agarrando y apretando mi esbelta cintura y empujando hacia dentro.

"Trabajé en Inglaterra durante muchos años. Entiendo el idioma". Moví mis labios lentamente, sabía que tenía una boca llena y voluptuosa.

Puso su mirada directamente en mis labios que se movían lentamente para cadenciar las palabras, mostrando lentamente la lengua entre los dientes para formar las palabras.

Deslicé la lengua sobre el labio superior y humedecí mecánicamente primero un labio y luego el otro, dejando la boca ligeramente abierta.

Su rubor aumentó drásticamente. Abandonó su mirada.

Un yo, por dentro, sonreía.

Me hubiera gustado que un hombre me conquistara, en realidad.

Siempre fue muy sencillo.

"Estoy muy cansado".

"Te llevaré a tu habitación".

Se puso de pie, su cuerpo era poderoso, en la pequeña cocina inglesa.

La lluvia golpea los tejados.

"Ven."

Me cogió de la mano y me levantó de la silla.

El caldo se desbordó del plato, los vasos tintinearon.

¿Nos estaban saludando?

La silla chilló.

Cerca de su pecho, entré un poco por detrás, me sentí diminuto.

Tenía un pecho poderoso, que podía verse a través de su tosco jersey de lana. Pectorales fuertes, fruto del ejercicio, del sudor en el equipo y del esfuerzo y el vigor de empujar sus músculos.

A mis fosas nasales llegó su olor, un olor a hombre opiáceo. Cómo me imaginaría a los vaqueros montando a caballo para acorralar a sus rebaños, o a los corredores de rallies abordando curvas de montaña para ser halagados por el apasionado público.

¿Está casada?"

"No."

Arqueó la ceja derecha. Dudó.

Le mostré mis manos. Estaban libres de anillos. De marcas dejadas por el sol.

Los tomó a ambos entre los suyos. Las encerró todas y se las llevó a la boca.
Depositó un tímido beso en mis pequeños dedos enroscados dentro de los suyos, fuertes y envolventes.
Sentí que mi sexo se mojaba y se abría para recibir también una caricia de esos labios.
"Vamos. Te mostraré tu habitación".
Me tendió una mano y con una rápida pirueta me guió hacia las escaleras.
Ahora podía sonreír, estaba a sus espaldas, no me veían.
Tenía ganas de una noche de fuego.
El hombre estaba obviamente acostumbrado a las mujeres frías, huesudas y de piel pálida.
Lo habría ahogado en el mar de mi tierra, en el humor de mi sexo codicioso.
Me imaginé que era un aficionado inhibido. Hubiera sido un juego divertido, derritiendo las barreras, dejando fluir la sobrecogedora excitación como hubiera deseado en un hombre alto con esos anchos hombros que ahora observaba frente a mí.
Se acercó a la puerta de mi habitación. Se detuvo, dándose la vuelta.
Leí la duda, alcancé la manija.
Le estreché la mano. Fue un estímulo.
"¿Te han dicho alguna vez que un Dios debería ser más decisivo?"
Sonrió.
"Supongo que no sabe realmente lo que ha dicho".

"Lo sé. Entra conmigo".

Y le solté la mano, deslizándome hasta la entrepierna de sus pantalones.

Encontré su sexo. La encontré excitada y aturdida. Una dureza insospechada.

Me cogió la muñeca.

"¿Ya hemos llegado?"

"Más que un punto, me parece un comienzo".

"Pobre de mí que, desde que la vi, no he querido otra cosa que caer en una cama con ella".

"Entonces abre la puerta y quítame la ropa", susurré, yo también estaba excitada y deseosa de labios. Sabía que no me los daría de inmediato. Pero los quería.

Cerré los ojos. Me concentré en mi deseo.

Imaginé su cuerpo desnudándose para mí, montándome vigorosamente, sujetando mi cabeza para penetrarme profundamente.

Se deslizó dentro de las bragas de encaje, un chorrito de humor caliente. Estaba preparado.

"Podría ser un error, sin conocerse".

"Si fuera un ángel y pudiera predecir el futuro, habría elegido este momento con ella".

"Parece un ángel, un hermoso ángel negro".

Llevó sus manos a mi cabello.

"Entonces, ¿qué es el infierno? Tal vez sería no entrar en esa habitación con ella.

Prefiero pensar en ella como un bello ángel que me fue dado por algún mérito que no recuerdo".

Me cogió toda la cabeza con sus grandes manos, tirando un poco hacia atrás con todo el pelo encerrado en sus manos. Seguí acariciando su sexo, sintiendo que crecía como mi aliento. Le bajé la cremallera del pantalón y se inclinó para besarme.

Los cálidos labios se posaron, los botones se extendieron y me hicieron poner la mano en la carne.

Tomó toda mi boca. Con su lengua dentro de mí. Y mi cabeza todavía en sus manos.

Me estrellé contra el marco de la puerta y fui deliberadamente aplastado.

Quería estar desnudo.

Podía sentir mi fuerza pasando a él a través de la saliva y la lengua que me invadía rudamente.

Me dejó con un chasquido como si hubiera aspirado los estados de ánimo, las incertidumbres, las almas que me acechaban.

Otra vez.

Pasé mis manos a sus nalgas, desnudándolas, su pantalón se bajó irremediablemente, liberándolo.

Habría sido vagamente ridículo si no hubiera prevalecido la excitación, viéndolo erecto y masculino e increíblemente dotado.

Le miré. Me miró, con la cara roja.

Bajé la manija. Y lo atraje por su miembro turgente.

Me quitó el jersey y el chaleco de encaje.

Y agarró un pecho suave.

Parecía un hombre hambriento, ahora podía percibir el significado de la lujuria. Pero la mente estaba obnubilada y en nubes de espeso vapor vagaba por su musculoso cuerpo.

Unos cuantos pelos largos y rojos se escaparon del hueco de mis axilas, puse la cara y la nariz para captar cada aroma, y el olor de un sudor masculino lejano me lanzó al olvido. Los pensamientos y la conciencia huyeron juntos, sin dejar nada atrás.

Su pecho era casi liso, su piel era suave y tonificada, sus músculos eran firmes y danzantes cuando los frotaba contra mis pezones desnudos.

No pude resistir más.

Me agaché de rodillas. Y tomé su miembro agrandado e hinchado completamente en mi boca. Su sorpresa fue tan grande que pareció querer retirarse.

Luego me lo metí todo en la garganta frenéticamente.

Mis oídos escucharon un gruñido lejano como el de un animal despierto que quiere carne.

Me agarró la cabeza y toda la masa de pelo y empujó todo su miembro hacia mi garganta. Una arcada salió de mi estómago pero la contuve. Me sujetó la cabeza con fuerza y quedé casi contra la pared, imposible de retroceder. Había pasado de ser el cazador a ser el cazado. No podía pensar, mis pensamientos se superponían y aceleraban como los golpes de sus caderas en mi boca, penetrándome profundamente por todas partes. Otra mordaza me atrapó, intenté expulsarla pero él se introdujo aún más. La saliva corría por mi brazo, hasta el codo.

Empujó una y otra vez e invadió enormemente mi garganta con su humor desbordante.

Podía sentirlo subiendo por mis fosas nasales y saliendo.

Violentamente tuve que tragar arcadas y humores y las gotas de saliva que goteaban de mi brazo me convencieron de disfrutar y anularme en mi orgasmo.

Solté su miembro y me colgué de su cintura.

Sentí vagamente que su mano se abandonaba en una suave caricia sobre mi pelo.

¿Era así como los jockeys acariciaban a sus caballos al final de la carrera?

La vergüenza se apoderó de mí, todavía la saliva burlona goteaba de mi codo.

Este juego se perdió. Había jugado conmigo de verdad. Imposible mentir.

Las condiciones del juego estaban totalmente desequilibradas, tendría que inventar algo.

Pero ahora estaba de rodillas.

CAPÍTULO SEIS

Me había dado una ducha tibia, ahora estaba envuelto en las suaves mantas, un edredón impalpable pero cálido y envolvente me cubría por completo hasta por encima de la barbilla.

Necesitaba una buena noche de sueño, demasiadas emociones, demasiadas aventuras en un día. Demasiado incluso para mí.

Cerré los ojos, la penumbra de la habitación era atonal, un color nocturno tranquilizador.

Podía oír sus pasos en el pasillo, estaba ocupado, de un lado a otro, tal vez no era él, sino la criada. Sin embargo, el hecho de que se detuviera, empezaba a molestarla.

Inhaló los aromas de la habitación, lavanda, rosa, las mantas olían a limpio, como la ropa recién sacada de la secadora, suave, fresca, con buen olor.

Otra vez de ida y vuelta, sonido de pasos, como si no quisieran que se durmiera.

Intentó ponerse de lado, con la almohada envolviéndola.

Imaginó su sexo penetrándola violentamente, con fuerza.

La puerta se abrió de golpe.

Anna se estremeció entre las mantas y parpadeó. La oscuridad era espesa.

Reconoció la silueta de un hombre.

"¡Ah, eres tú! Me has asustado!!!"

La silueta se sentó a horcajadas en su cama. Llevaba zapatillas de deporte y olía a aftershave almizclado. Una sub-marca, sin duda, dada la intensidad de sus fosas nasales.
Anna intentó levantarse. Imposible, con el peso del hombre sobre su torso, sus brazos inmóviles bajo las mantas, sólo podía mover la cabeza.
"¡Me das miedo! Basta ya".
Oyó una risa suave.
Se le heló la sangre. El miedo surgió como una mordaza ácida en su garganta.
Vio que el rostro del hombre estaba cubierto por las medias de mujer, sus rasgos aplanados por el tejido de la tela impalpable.
"¿Es un juego de cama?" Gritó, si era un juego de cama, no le estaba gustando.
Intentó dar una patada juntando las piernas y levantando el torso. Estaba inmovilizada en la cama.
El hombre le mostró un largo cuchillo de mesa, de los que se usan para cortar el pan, con un filo largo y dentado. Quizás un fino mango de madera en sus manos.
Su corazón martilleaba en sus sienes, la vida había sido demasiado corta, quería más y más.
Pateó y pateó. Vio la hoja sobre ella, sostenida con las dos manos.
Empezó a gritar con fuerza. ¿Grande? No salió nada, nada. Un estúpido juego del destino, ella que siempre había tenido la palabra, murió así, sin poder pronunciarse.

La hoja se hundió lentamente en su piel, un chorro de sangre caliente golpeó sus ojos, cegándola por un segundo antes de que llegara el dolor, el miedo había proporcionado el analgésico perfecto. Es cierto que uno murió antes de que ocurriera. El terror a la muerte era tan vívido e intenso que inundó su cuerpo de adrenalina.

Parpadeó y un chorro de sangre salió de su boca, como un rudo eructo lleno de líquido rojo y espeso.

Pareció pronunciar un vago no, no quiero morir ahora. No, cuando sea una rica mujer de negocios y pueda follar con quien quiera y cuando quiera.

No, gracias. No me gusta esta película, sigamos adelante, vayamos a la vida nocturna, disfrutemos de la juventud, la belleza y unas cuantas bebidas muy alcohólicas.

La hoja volvió a penetrar, se engarzó como un hermoso diamante en su esternón.

Sintió que su pulso galopaba ferozmente y trató de mover las piernas de nuevo. La orina empapó su camisón. Se estaba muriendo sin bragas en su orina. ¿Lo era?

Todavía podía oír la sangre que se derramaba, podía sentirla claramente mientras se derramaba como una presa rota y colapsada. Ayuda.

"Aaa it to", gorjeo como si se tratara de un solfeo para aprender bien los idiomas.

Se quedó mirando la cabeza envuelta en una media de mujer.

¿Por qué?

¿Qué ha hecho?
Erróneamente en este momento en que estaba muriendo en su propia sangre y orina, no podía pensar en quién la estaba matando y por qué. Todo lo que podía pensar era que estaba muriendo bárbaramente, asquerosamente, que su cuerpo muerto sería blanco y duro, con un horrible corte en el pecho donde una vez se habían alzado sus hinchados pechos. Ahora estarían empapados, flácidos y huecos, completamente descoordinados en el dintel de su nuevo cadáver. Ahora ese horrible corte seguiría ensanchándose en ella, tocando los huesos del esternón y partiéndolos, llegando al músculo de su corazón que bombeaba y bombea espasmódicamente el último amplex. Y lentamente penetró y se durmió en la última vuelta de la sangre, la última vuelta de la muerte, Anna, en la montaña rusa, una más, antes de que tu carne se enfríe.
Todos los humores salieron, los intestinos se evacuaron sin restricciones. El aire se saturó, sudor, sangre, heces.
Sus ojos se apagaron, el hombre se sombreó en la oscuridad, la cortina cayó con él.
La escena ha terminado, el espectáculo no puede continuar, el protagonista se va, cierra el telón, rápido.
Y así es como la veo ahora, mi hermosa Ana, tumbada de espaldas en la cama, envuelta en la sucia manta de sus humores. Apestoso, blanco de muerte, vergonzoso. Muerta con un hombre que la monta sin hacerlo realmente, todavía a horcajadas sobre ella y su mortaja,

presionando con la presión de su cuerpo un cuchillo de cortar pan, con mango de madera, quizás.
El resto era oscuridad y noche.

CAPÍTULO SIETE

Clara llegó tarde, siempre llegaba tarde, porque estaba perdida en sus pensamientos. Pensando en la vida, en el amor, en cuándo se encontraría con él, dónde y qué expresión tendría, de sorpresa? ¿De encantamiento? ¿De presagio melancólico?

¿Y qué aspecto tendría? ¿Cómo se habría vestido, peinado, maquillado? O tan simple como siempre, en sus veintidós años ingenuos y rosados. Clara era todavía una adolescente con un cuerpo de adulta, piernas largas, cintura estrecha, pechos amplios y un pelo rubio pajizo muy largo con un brillo poco común. Fue gracias a su abuela, que siempre le cepillaba el pelo de forma cupido al anochecer antes de arroparla con sus mantas de lana. La cepillaba y la alimentaba con miel y compresas de limón para aclararla de forma natural y nunca la cortaba, hasta el punto de que las puntas que tocaban su cintura se habían vuelto casi blancas.

Llevaba bonitos vestidos florales, ceñidos a la cintura con cinturones de cuerda y tela, y zapatillas blancas con calcetines blancos metidos desde el tobillo para mostrar su ribete bordado de encaje.

Una joven encantadora, romántica, empapada de historias de amor con final feliz que imaginaba constantemente que su Príncipe Azul llegaría, incluso a caballo, para recogerla y llevarla a su palacio.

Sus ojos eran vagos, de un azul cerúleo de cielo de verano, y tan impalpables como las nubes del mismo cielo, perdidos en la fantasía de sus serenos futuros de princesa. Eran azules y grandes y habrían constituido una verdadera belleza si se hubieran posado sobre la gente de forma menos vacía. La única mancha real eran las intensas cejas negras que realzaban el arco de las cejas impertinentes y falsas, sórdidas y profundas, ocultando que quizás en los pensamientos de sus ojos soñados, el apuesto príncipe la llevaría a un lecho para saborear por fin su protegida virginidad.

Tenía que subirse al autobús para ir a la City, donde la esperaban sus amigas de la universidad, para celebrar la superación de los exámenes con buenas notas y algún romance festivo del que reírse.

La libido de sus compañeras era salvaje y desbordante, las historias indecentes por decir lo menos. Pero eran de risa, porque las desgraciadas siempre se quedaban solas, y los novios ocasionales huían en cuanto podían.

La de él no se escaparía, porque había aprendido en el primer wombat a no dejarle probar su sexo antes de estar enamorado de ella.

Y ella se había guardado para eso y aún así nadie había tenido el honor de meter una mano bajo sus faldas.

Recorrió el último tramo, con la falda ondeando graciosamente entre las rodillas.

El autobús rojo estaba parado al final de la línea, el conductor parado, sin inmutarse por la entrada.

En Brungenwald tomaría un vuelo de conexión a Londres.

"¡Aquí está el billete!" con un último giro de su falda floreada, mostró el billete para que lo borraran, con las uñas afiladas de los dedos mordidas como adolescentes ansiosos.

"Entra, por favor". Atono.
Clara subió los tres escalones del autobús y eligió un asiento central, libre, de la ventanilla, los asientos grises invitaban a una ligera apatía. Unas ligeras gotas de lluvia bañaron el cristal del autobús, cayendo a tambor batiente, salpicándolo como si fueran lágrimas.
Clara, rebuscando en su mochila rosa de Oriente, sacó un pequeño libro negro y un pequeño lápiz de carbón. Le encantaba dibujar las caras de las chicas, con los labios carnosos y los ojos guiñando el ojo, incluso los desnudos que contorsionan sus cuerpos en abrazos suspirantes. Eran dibujos privados, de los que sentía una vergüenza consciente que la había llevado a elegir un lugar apartado en el autobús para dedicarse a esa pasión liberadora. Allí podría ser la sensual Clara, la quizás perversa y lasciva que soñaba con un príncipe-amante.
El autobús cerró sus puertas y nos fuimos.
Bueno, una sensación de alivio la invadió, pronto estaría en compañía de sus amigos en Londres, escuchándolos y riéndose despreocupadamente de su gula.
Dibujó a una mujer joven de pelo largo, desnuda con los pechos hinchados y turgentes que caían sobre su vientre y los pezones con enormes aureolas. Un rostro juvenil, preparado para un beso forzado, con los labios hinchados por los besos que prometían orgasmos, tal vez una prostituta, tal vez un joven vagabundo.
Firmó su dibujo a carboncillo en la esquina izquierda con las iniciales C y F, justo a tiempo. El final de la línea había llegado. Era el momento

de bajar. La conexión llegaría en unas horas, a las 20.20. En dos horas estaría en su albergue en Londres.

"Por favor, desembarquen. El autobús a Londres se ha retrasado ligeramente. Puede esperar en la zona de pasajeros".

La zona de pasajeros era una jaula estrecha con seis sillas de plástico verde. Paredes blancas alicatadas con azulejos subterráneos azules. El instinto la alejó.

Llovía ligeramente y estaba casi oscuro.

Una ligera niebla llegaba desde los páramos.

Las luces de un cartel amarillo, Bistrot George, llamaron su atención, justo al otro lado de la calle.

Corrió por la carretera asfaltada, cubriendo su cabeza con la mochila y subiendo la cremallera de su chaqueta vaquera. El aire era frío y poco acogedor. La puerta estaba abierta. Un sonido acompañó su entrada, como en los bistrós de hace unos años. Largas mesas, acompañadas de bancos de dos plazas a derecha e izquierda en un plácido azul acolchado y plastificado, ambientan el lugar. Bien, le ha gustado. El menú ofrecía sándwiches y perritos calientes, cerveza y refrescos y, por supuesto, excelentes patatas con mantequilla.

"Buenas noches", se dirigió a la señora del mostrador, "quiero un sándwich vegetal y un café largo con una porción de crema".

"Se lo llevaremos, tome asiento señorita, ¿a dónde se dirige?"

"En Londres, estoy esperando mi vuelo de conexión".

"Tendrás que esperar, hay obras en la carretera de Londres, los autobuses no salen por la tarde".

Lacónico.

Qué pena, sus amigos la estaban esperando.

"¿Cómo puedo? No sé dónde dormir. No me avisaron".

El abatimiento se apoderó de ella, la pequeña soñadora indefensa Clara.

"Puedes intentar ver si todavía tienen alguna vacante en la posada, pero lo dudo, seguramente los otros aventureros que viajaban en el autobús contigo también se han dirigido allí".

"¡Oh, Dios, dónde voy a pasar la noche!"

"No lo sé señorita, no tenemos ninguna habitación aquí. Y voy a cerrar pronto, eres el último que atiendo. Siéntate y te traigo tu bocadillo, luego ya verás qué hacer, busca con Booking, a veces tienen suerte y hay vacantes en alguna Casa cercana".

Tenía razón, primero la comida, luego lo pensaría mejor. Ahora se sentía demasiado frágil, el nuevo combustible sería bueno para su alma.

El plato llegó lleno del olor fragante de la comida casera. El olor a pan de verdad, horneado y luego tostado, con verduras finamente picadas y asadas a la parrilla, berenjenas, pimientos y tomates en rodajas finas, y un queso mozzarella muy suave y fibroso fundido en el pan rallado. Era, cuanto menos, exquisito, el primer bocado llenó sus sentidos de satisfacción y complacencia por lo bueno que estaba, como el primer sorbo de café, caliente, negro, amargo al primer sorbo pero con un ligero regusto ácido debido a las dos gotas de nata mezcladas.

Sublime, un verdadero placer para los hambrientos.

Fuera estaba oscuro. Ahora todo estaba en un nuevo estado de ánimo, iba a buscar una habitación que la acogiera, una casa regentada por algún viejo fanático inglés que cuidaba periquitos en invernaderos de hierro en jardines de rosas florecidas.

Esta vez también habría tenido suerte.

Avisó a sus amigos, un mensaje escueto para que no se preocuparan, el autobús se había retrasado, ella cogería la conexión de la mañana siguiente. No te preocupes, aún tendrían toda la noche del día siguiente para estar juntos y charlar.

Miró hacia la ventana de cristal, la oscuridad y la fina lluvia que se vislumbraba a la luz de algunas farolas cercanas.

El sonido de la puerta la hizo volverse.

Entró el hombre más guapo que jamás había visto. Pelirrojo, rizado, con una barba roja que le cubría la mandíbula, ojos de un azul tan intenso como el mar del Caribe que ella nunca había visto.

Era alto y probablemente musculoso, con los hombros anchos cubiertos por una chaqueta de cuero, posiblemente de moto, con la palabra Triumph impresa en la manga a la altura de los bíceps y una bufanda roja a cuadros enrollada al cuello.

Su corazón se desplomó y luego se desvió hacia un latido furioso. Sus mejillas se pusieron rojas, se limpió apresuradamente la boca con las manos, no quería que él la viera con migas de pan o salsa en la cara. Pero limpia, como siempre se sintió. Limpio y honesto. Modesto y humilde.

La miró. La vio. Le asintió con la cabeza de lado, una fracción de segundo en la que bajó la cabeza y la volvió a levantar. Un segundo para darse cuenta de que se fijaba en ella.

¿Qué ha visto? ¿Una joven sentada tranquilamente en una mesa vacía con los restos de una cena improvisada? ¿Acompañado de una mochila y algunos sueños?

Sonrió con toda la boca, abriendo la puerta a unos dientes blancos y perfectos, resultado de años de ortodoncia, que ahora agradecía.

Se sintió evidentemente mareada.

La señora del bistró llegó al mostrador y le dio la bienvenida.

La oyó decir: "Doctor Henry, ¿lo de siempre?"

Era el médico del pueblo. Un profesional distinguido.

Tal vez podría pedir información sobre dónde alojarse, mejor a él, que era respetado y conocido, que a otros.

Se levantó.

Respiró profundamente.

No tenía la costumbre de hablar con extraños.

Se acercó al mostrador en silencio con su mochila en las manos como una pequeña barrera protectora.

El olor de un hombre llegó a sus fosas nasales. Como una mezcla de cigarro y gasolina, de colonia masculina y salinidad. Sintió un ligero mareo.

"'Siento molestarle...' vino una débil voz de ella.

"Sí, dígame, señorita". Su lugar era profundo y barítono.

"El autobús a Londres no llega hasta mañana por la mañana".

"No sé, no conozco los horarios del transporte público".

"No, no... quería preguntarte algo más. Siento no haberme explicado bien".

Puso en ella dos ojos escrutadores, inteligentes y perspicaces. Sintió su alma descubierta.

"¿Dime entonces? ¿En qué puedo ayudarle?"

Extendió la mano, ¿me estaba oliendo? ¿Y qué estaba oliendo? ¿Miedo, interés, esa sutil emoción que anuncia la intensidad del descubrimiento?

¿Es esto lo que se siente cuando el amor se revela? ¿Ese tormento ansioso, esa expectativa perturbadora?

"Yo, bueno, no sé dónde ir".

Es mejor empezar con los hechos.

"¿Necesitas refugio para la noche?"

"Eso es, un refugio seguro".

"Puedo llamar a la casa de huéspedes cercana, si lo desea, y acompañarla".

Jubilación, gente mayor, alejándose de él. No, definitivamente no estaba pensando en eso.

"Sí, gracias. No tengo mucho dinero encima. Espero que sea barato".

"No tengo ni idea. No lo necesito". Seco.

Cogió el teléfono y marcó rápidamente un número.

"¿Srta. Boff? Sí, ¿tiene una habitación libre preparada? Sí, de acuerdo, ya vamos. Calentar el caldo de capón, su especialidad. Creo que la persona necesita su atención".

Luego se dirigió a mí.
"Sí, está bien. Tengo un lugar para ti. ¿Confías en mí?" y me sonrió. Una fila muy blanca de dientes regulares. Una barba roja en la que podía ver hilos plateados, dos bigotes bien recortados, siempre rojos. Y sus ojos, sinceros, amables, comprensivos, tan azules como el cielo.
"Sí". Era la única respuesta plausible y verdadera.
Se habría ido con ese hombre, a cualquier parte.
"Vamos, te llevaré. Pagaré por esto. No te preocupes, mañana estarás en Londres con todo tu dinero y este pequeño incidente, será olvidado".
"Gracias". Incluso me emocioné, mi voz tembló ligeramente. ¿Podría ser que un Dios humilde y bello fuera tan útil para ella?
Era lo que siempre había soñado, un hombre más maduro, un encuentro casual, el destino claramente trabajando para ella, tejiendo la red de su felicidad. El amor que parecía prepotente y repentino y que sólo quería su realización.
"Vamos a caminar. Está cerca".
La tomó por el codo, tocándolo ligeramente, le quitó la mochila de sus manos temblorosas y la empujó hacia la salida como un titiritero, la marioneta.
La calle estaba oscura y desierta. El frío la sorprendió y se estremeció.
"¿Tienes frío? ¿Quieres mi chaqueta?"
"No, no te molestes".
"Pero está temblando, toma, póntelo, es de cuero, te mantendrá caliente".
Olor a cigarro, cuero y combustible.

"Gracias". Fugaz.

Caminaron en silencio uno al lado del otro. Delante de ellos, en la espesa niebla del atardecer, se alzaba una vieja casa de estilo inglés con rosas trepadoras en el porche y pequeños escalones que conducían a una puerta de madera con incrustaciones. Un escudo de armas de la familia, un león agarrado a una serpiente de color amarillo-rojo, estaba colocado en la entrada.

Ha tocado.

No se oyó ningún ruido.

Sin embargo, la puerta se abrió en medio de la niebla, dejando escapar una pizca de luz casi cegadora en la oscuridad del atardecer. El corte se amplió, Clara entrecerró los ojos y ajustó los suyos. Un olor a pan con levadura, vagamente agrio, la invadió. El olor del pan leudado y de la leña ardiendo en la chimenea. Buena madera, de pino o castaño, la resina que produce era inconfundible.

Una señora mayor, regordeta y canuta apareció en la luz y los olores.

"Señor, aquí tiene. Entra, no tienes chaqueta, vas a coger frío".

"Gracias Srta. Boff usted siempre es atenta, y su cocina es realmente insuperable. ¿Qué has preparado para nosotros?"

"El pastel de carne, el caldo de capón y los fragantes picatostes de pan soso y, por último, la tarta hecha con sus frambuesas".

"Genial, conoce a la joven. ¿Señorita? Me he dado cuenta de que no sé su nombre".

Ambos la miraron. Se sintió en la escuela, ¿fue su culpa?

"Clara". Clara Freedworth. De Southampton".

"Bueno, bueno, señorita Clara, ¿qué la trae por los páramos?"
"Me están esperando en Londres, en la universidad. Mis amigos. He aprobado los exámenes con nota".
"Un estudiante. ¿En qué?"
"Arquitectura y diseño".
"Fantástico, un artista. De ahí las uñas mordidas y el pulgar ligeramente ennegrecido. ¿Carbón o lápiz?"
"Oh, ¿pero cómo lo hace? Carbón vegetal. Pero son privadas, no las enseño".
"Sí, por supuesto. No querría nada que ella no quisiera primero".
La sangre subió a sus mejillas. ¿Qué podría pedir primero?
"Pero esto no es una pensión. ¿Lo es?"
"Sí, cariño, por el amor de Dios, por supuesto que no. Esta es la mansión del Conde Enrique. La morada de la primavera".
"Estoy en su casa". Le miré. Probablemente él también me quería.
"Sí, no tengo ninguna dirección de casas de huéspedes, y menos aún de las baratas. Pero la mansión está dotada de numerosas habitaciones de huéspedes, absolutamente independientes, algunas de ellas calentadas por imponentes chimeneas. Ahora es de noche, pero por la mañana, si quieres antes de irte, te enseñaré el jardín y los alrededores, son desarmantemente bellos. Verdaderamente inglés". Ya me tuteaba, así que quizá no quería que me fuera, aún quería tiempo para nosotros. Me sentí halagado.
"Claro, me encantaría. ¿Cenamos juntos? Y ahora, ¿me acompañas a mi habitación?"

"Sí buena chica, eso es razonable. La señora Boff le mostrará la habitación de la lavanda, creo que es la más hermosa, para una joven tan bonita como usted. Podrás descansar y prepararte para la cena. Encontrarás todas las comodidades".

"Gracias, sólo puedo decir eso, supongo".

Me acarició con su mirada, recorriéndome por completo.

Siguió la pesada silueta de la criada.

Subimos las escaleras y abrió la puerta de una enorme habitación de color lavanda con una imponente cama con dosel sobre la que sobresalían almohadas blancas de color crema.

Fue impresionante, por decir lo menos. Una ventana inglesa con pequeños rectángulos dominaba toda una pared. En el exterior, tal vez los sauces se balanceaban con el viento.

"¿Es de tu gusto Clara?"

"Sí, sí, por supuesto. Es maravilloso, muchas gracias. Eres muy amable".

"Pequeño deber". Ahora descansa, el Conde te esperará a las nueve en el comedor".

Y cortésmente tomó la puerta detrás de él.

CAPÍTULO OCHO

Clara estaba aturdida, pero entusiasmada.

Se había enamorado de un conde, y tal vez fue correspondida con la misma intensidad. Como si la hubiera secuestrado de la realidad y la hubiera llevado a su palacio. Allí seguramente declararía su amor antes de partir, y era tan noble como el Príncipe Azul al que esperaba.

Ahí estaba. Por fin había llegado. Se alegraba de ser virgen. Sin duda lo apreciaría.

Colocó su mochila en la cama blanca.

Un agradable olor a flores llegó a sus fosas nasales. Debajo otro olor, un perfume de mujer, quizás Chanel. No tenía ni idea. Seguramente había sido la habitación de algún amante. Pero era ella. La habitación era para ella.

Colocó su chaqueta con cuidado sobre el sillón con grandes estampados de rosas rojas y la falda sobre las patas de madera. Lo colocó con cuidado, dejándolo en el suelo y acariciándolo.

Luego se quitó las zapatillas blancas.

Eran zapatos de supermercado. Tal vez debería estar usando zapatos en este momento. Como las damas.

Se desabrochó el cinturón de tela del vestido. Y la cremallera en el lateral. Luego lo sacó torpemente del cuello.

Sólo llevaba una camiseta de tirantes y unos calzoncillos blancos de algodón. Los pequeños pechos estaban suavizados por pezones de niña. Como una copa de champán, decía su abuela. Ansiaba un baño caliente.

Estaba sola. Podía darse un capricho con su cuerpo. Aunque una pizca de vergüenza siempre estaba al acecho. Su abuela siempre le regañaba que las buenas chicas no se reflejan desnudas. Pero ahora iba a tener un amante, tal vez. Seguramente querría besarla, así que había que apuntar. Se quitó el chaleco y las bragas, rápidamente. Estaba desnuda. Un instinto la llevó a la gran ventana. Parecía que hacía frío fuera. Tal vez ser reflejado en la ventana en lugar de en el espejo era menos incómodo.

Llegó frente a la ventana. Las piernas largas, la cintura estrecha, los pechos pequeños cubiertos por el pelo largo. Y el pelo rubio ocultando su sexo. Lo tocó en la reflexión. Entonces miró hacia arriba, los sauces se balanceaban furiosamente. Los truenos surcan el aire. El reflejo se duplicó. Detrás de ella había una mujer de pelo oscuro sin brazos ni piernas. Con un corte en el pecho y grandes pechos deformados. Sus ojos azules, llenos de lágrimas, estaban muy abiertos. Como la boca en un grito no expresado.

Gritó con fuerza. El grito salió de ella y resonó en la habitación.

La puerta se abrió casi al instante. El conde y la criada entraron corriendo. Clara seguía gritando, petrificada. No se había dado cuenta de su desnudez.

Sus brazos la sacudieron. La envolvieron, volviéndola hacia la ventana, tirando de ella contra su pecho.

"¿Qué está pasando?", gritó la Sra. Boff.

"Nada, nada, déjanos. La calmaré. Es una niña. Probablemente esté asustada por un reflejo en el páramo. Me encargaré de ello. Sólo vete, por favor".

La criada se retiró.

Clara seguía sollozando. Se acurrucó en su cuerpo.

"Vi a una mujer. Era terrible. Una mujer de pelo oscuro. Oh Dios, no tenía brazos ni piernas. Ella estaba en la ventana detrás de mí. Oh, Dios mío. Me dio un susto de muerte. Lo siento".

"Vamos, te cubriré. No es nada, tal vez un reflejo en el bosque, un montón de emociones. Si quieres, te daré un sedante. Te sentirás mejor".

"Fue terrible, estoy aterrado. No quiero moverme. Tengo miedo".

La abrazó con más fuerza, saboreando la suave piel bajo las yemas de sus dedos. Con la cintura hacia atrás, comenzó a acariciarla lentamente, con ligereza.

Le apartó el pelo rubio del cuello, recogiéndolo en una cola en la nuca. Soltó y descubrió sus pechos de niña. Qué firmes y frescos eran. Le limpió las lágrimas de la cara.

"Vamos pequeña, no es nada, estás muy nerviosa. Todo sudado".

Le susurró al oído. Era alta incluso sin zapatos, llegando a su boca. Le dio pequeños besos en la frente, le pasó los dedos por el cuello, hasta los hombros y capturó un pequeño pecho. Le llenó toda la mano. Siguió besando su cara, sus ojos, sus mejillas, su nariz. Con la otra mano le agarró el pelo y tiró ligeramente hacia abajo, su cara se estiró hacia él y su boca se abrió. Estaba dócil, todavía sollozando con los ojos cerrados. La mano en su pecho lo masajeó suavemente, el pulgar y el índice capturaron el pezón, era pequeño y turgente.

Le besó ligeramente los labios, ella abrió la boca y permitió el paso. Parecía inexperta. Su sexo explotó y se hinchó rápidamente. Le hubiera gustado esperar pero era imposible, tenía que poseerla ahora.

Introdujo la lengua y con la otra mano buscó la abertura del sexo inexplorado. No hay nada más fascinante que la exploración virgen.

Sabiendo que quizás era la primera en un cuerpo joven e inmaduro y que sólo él podía hacerla madurar al placer del orgasmo.

Era peludo.

Dejó de sollozar. Un pequeño sonido ahogado de placer salió de su garganta. Pequeña ninfómana lujuriosa. A ella le gustaba entonces. Quizá había montado esa pantomima para que la encontraran desnuda. Pequeña bruja imaginativa.

La cogió en brazos, ella abrió las piernas y las rodeó por la cintura con un pequeño salto de gimnasta. Estaba empapada. Él la sujetó por las nalgas y ella se agarró a su cuello. Ahora lo besó completamente con toda su lengua dentro de su boca. Era inexperta, codiciosa, una glotona de sabores.

La tiró sobre la cama, toda abierta, desnuda, con su sexo húmedo ya ansioso.

No se cubrió. Al final no era tan modesta como parecía.

De hecho, parecía la vaca de siempre.

Con los brazos extendidos por encima de la cabeza, el pelo extendido sobre las almohadas, los pechos tiesos y erguidos.

Me abrí los pantalones, tenía que salir. Me bajé las bragas, estaba chorreando.

Iba a explotar en breve. Apunté mi gran polla rígida a su entrada desnuda. Sus labios se abrieron para mí, me clavé y empujé. Qué coño tan apretado, me hizo disfrutar hasta de la respiración.

De repente, toda la sala se derrumbó al unísono. Un rugido ensordecedor, cristales rotos por todas partes. Se metió en la cama. He perdido la erección. La chimenea encendida. Se encendió solo.

La llama estalló. Anna estaba allí. Anna estaba en la ventana.

Anna, ¿qué estabas haciendo en la ventana?

La chica de abajo siguió mi mirada. Abrió los ojos y la boca de par en par, ella también pudo verlo. Estaba a punto de gritar.

La abofeteé muy fuerte. No quería que la señora Boff me viera así, con los pantalones bajados.

Se despertó, acurrucada en un rincón de la cama.

Estaba llorando profusamente.

Mi erección había desaparecido por completo, mi miembro colgaba desoladamente.

"Vístete. Eres indecente, así".

Y me fui.

CAPÍTULO NUEVO

La chica era muy joven, muy hermosa. Etéreo.

Le hubiera gustado tocarla, pero cómo iba a hacerlo, sus brazos no estaban. Un extraño picor había ocupado su lugar.

Flotó. No se necesitaban piernas. ¡Pero los brazos! Aunque sólo sea para apartar el pelo de su cara o animarlo. ¿Habría durado? ¿Volverían a crecer? No estaba familiarizada con esta nueva forma. Sabía que podía manifestar y mover objetos. El juego de las imágenes había sido muy bueno. Se mantuvo suave. Se rió; seguía siendo una mujer con humor. ¿Cómo podría tocarse a sí misma? En realidad, le habían dado mucha envidia. Estaban copulando como conejos en celo, y ella... ¡Sin sus brazos, no podía permitirse ni siquiera una caricia!

La joven se había enamorado, estaba en su primera experiencia, él lo notaba por la forma en que lo besaba. Ahora se estaba vistiendo, se había enjuagado la cara, quizás quería irse.

Anna pensó en mover una silla. Tal vez una silla era demasiado llamativa, volvería a gritar como un águila.

Luego un cepillo. El del retrete.

Era de nácar, tan elegante como todos los detalles de aquel santuario de la muerte.

Habían sido buenos limpiando su mortaja, ahora el olor era definitivamente diferente.

Movió el cepillo unos centímetros. ¡Puede hacerlo!

La acercó al borde del retrete, estaba muy cerca, se oyó un ruido sordo. Se dio la vuelta. Estaba distraída, ¿en qué estaba pensando? Recogió el cepillo. Podía volver a mostrarse en el espejo, lentamente, sin asustarla. Ciertamente, sin brazos, blanca como un cadáver, desnuda y con un tajo en el pecho... era difícil no parecer espeluznante.

Las luces se apagaron. De repente. La chica soltó un pequeño sollozo, como un lamento. Ahora estaba asustada. La puerta se abrió. Anna no quería mirar, pero tenía los ojos pegados. Tenía que saberlo.

Entró. Era tan alto y fuerte como ella recordaba. Con esos grandes y musculosos hombros. Estaba completamente desnudo. Con la polla erecta. El asqueroso, era un sádico.

Desnudo, salvo la habitual media en la cabeza.

La chica dio un paso atrás y golpeó un pilar de la cama con dosel. Esta vez no vio ningún cuchillo.

Se sorprendió, se imaginaba que tardaría más, después de la cena al menos. Había un cierto savoir faire en morir después de una buena comida y con un orgasmo ganado. La pobre murió virgen y en ayunas.

Se abalanzó sobre ella, tenía una jeringa llena, se la puso en el cuello y la inyectó. La joven cayó en un sueño instintivo.

La llevaba al hombro, era un cuerpo indefenso.

El final era ineludible. Pero quería ver a dónde conducía.

Bajó las escaleras, todavía estaba oscuro, obviamente conocía bien la casa.

Lo siguió.

La pequeña, se sacudió la cabeza de su larga cabellera a izquierda y derecha, algunos mechones tocando las piernas del piojoso.

¿Tal vez podría ayudarla?

Tal vez.

En realidad, ahora era más importante para ella averiguar la verdad.

Todos morimos.

Fue una justa venganza contra la juventud.

La que había perdido.

Abrió una habitación, la luz aquí era cegadora.

Era un laboratorio.

Como médico o cirujano.

Colocó a la niña en una cama de quirófano.

Le ató el torso y la cabeza con ligamentos quirúrgicos.

Luego tomó cuatro torniquetes y los envolvió, dos a la altura de los bíceps y dos a la altura de los muslos.

Lo cortó.

Le puso un antifaz en la boca; sin duda era un somnífero. Quizás tuvo la decencia de no operarla mientras estaba consciente.

Se lavó las manos en un fregadero con solución desinfectante. Llevaba guantes quirúrgicos.

Le cortó la ropa y se deshizo de ella. Todo excepto los zapatos.

Estaba desnuda.

Tomó un cortador quirúrgico y comenzó a cortar el primer brazo. Cuando se hizo el corte, estaba completamente cubierto de sangre.

Suturó los tejidos y los curó. La sangre dejó de brotar.

El miembro yacía en el suelo. La chica se mordía las uñas y en el pulgar le quedaba un poco de esmalte rosa.

Pasó a su pierna. Le faltaba el aire, su pecho subía y bajaba. El asqueroso siempre tenía la polla erecta.

La pierna cayó al suelo.

Un bonito y firme golpe. Bonito tenis blanco. Adolescente.

Suturó, curó. Era metódico. No quería matarla. Sólo amputar sus miembros. ¿Y luego qué?

¿Por qué estaba muerta?

Ahora las otras dos extremidades, habían pasado horas. La práctica se intercalaba con bocados de somníferos. Había sido un caballero, quizás no deseaba los gritos de la niña.

Había terminado.

Le puso una solución de analgésico y suero fisiológico en el muñón de la joven y finalmente le cortó el pelo. Un bonito corte de pelo, corto, cómodo, con flequillos alegres. Le limpió la salpicadura de sangre de la cara.

Limpió el resto del cuerpo. Por desgracia, había hecho un verdadero desastre, la sangre estaba por todas partes, impregnando la pequeña habitación con su olor a hierro.

Grandes manchas ya estaban cuajando en el suelo. Nunca había visto sacrificar animales, pero supuso que era algo similar. Tal vez no se utilizó ningún narcótico.

La chica seguía tumbada en el sofá. Desnuda sin sus extremidades.

Desató el catre. Se dirigió a otra puerta. La atención de Anna se despertó.

Se acercó a una puerta, en la que no había reparado antes. Era una puerta con cerraduras para el almacenamiento en frío. Desfilan detrás de carros de instrumental quirúrgico expuestos en orden sobre un lecho de paños esterilizados.

Lo abrió.

La verdad es que no tenía frío. Ella entró con él. Había una pequeña bombilla colgada y muchos catres dispuestos concéntricamente.

En cada catre se colocaron los bustos vivos de muchas mujeres, meticulosamente atados.

Estaban desnudos. Tenían rostros hermosos, pálidos, ateridos, con pómulos pronunciados, lápices de labios vivos en los labios, sombras de ojos y rímel en los ojos, delineador de ojos a la moda, peinados sencillos, a veces incluso el pelo recogido en colas elegantes. Estaban vivos. No tenían brazos ni piernas.

Estaban todos desnudos, tumbados en las tumbonas.

Los contó rápidamente, tal vez treinta, tal vez más. Una mordaza ácida subió por su garganta. ¿Los muertos vomitan?

Hizo espacio. Los acariciaba, les susurraba palabras dulces, los llamaba por su nombre. Movió dos de ellos. Estaba ordenado.

Te quitarás el calcetín, maldita sea.

Por qué no ella. ¿Porque estaba muerta?

Volvió a la cama de Clara.

Todavía estaba narcotizada.

La empujó hacia adentro.

La presentó.

Anna aún sentía un exceso de bilis subiendo a su garganta.

Colocó el catre en medio del círculo de amputados.

Cogió su polla y penetró a Clara.

Anna se vomitó encima. El vómito salió en una violenta arcada y se extendió sobre sus pechos y la herida.

Caliente. Curiosamente. ¿No estaba muerta?

Lo disfrutó de inmediato, el asqueroso hombre, gritó mientras hundía su polla violentamente en su inexperto sexo. Eyaculó, claramente satisfecho.

Anna miró a su alrededor. Algunas de las mujeres estaban embarazadas.

No pudo ver nada más.

Se fue.

Estaba triste, desolada. Incluso ella, que había visto y experimentado mucha fealdad, no podía imaginarse una suciedad humana tan bárbara.

CAPÍTULO DIEZ

Helena se abrochó los cordones de las botas. Sus músculos se movieron alegremente. Atlética y ágil, no admitió ningún argumento. Era dura. Un luchador.

Mucha gente suponía que la lucha libre era un deporte para actores, pero en realidad era una disciplina de lucha dura, casi acrobática. Para prepararse, se había sometido a un durísimo entrenamiento de boxeo y caídas, sumo y lucha americana. Había pasado dos años en un circo ecuestre, había saltado desde el cuadrilátero para coger el trapecio y había caído repetidamente en la red de rescate sin respirar. Pero siempre se levantó. Y ahora, a los treinta y dos años, era campeona de lucha femenina británica. Lamentablemente, la lucha libre ya no tenía los seguidores de antaño; había pasado de un estadio de 40.000 personas a 400 espectadores gritones. De todos modos, estaba satisfecha. Su personaje era Wira, la vikinga. Llevaba un traje de escenario dorado con una larga capa y un hacha como arma, que naturalmente dejó en manos del árbitro antes de entrar en el ring. Era leal, nunca habían encontrado nada sobre ella durante la búsqueda antes del comienzo del partido. Y siempre había cumplido el trato, si tenía que perder para aumentar la notoriedad de su personaje, lo hacía con arte y siempre sin exagerar. Wira, era un personaje muy querido en los círculos de la lucha libre.

Y así tuvo que mantenerse.

Se subió a su moto. Le encantaban las motos italianas, y la suya era una preciosa Ducati 916 sps. Rojo, por supuesto, monoplaza. Con una cola cónica con una banda central roja y paneles laterales blancos y la siempre presente pegatina de los campeones de Superbikes y del Mundo.

Era una pieza rara, la había comprado en Milán, hace años, con muy pocos kilómetros, completamente original, todavía con la marca del elefantito Cagiva, de la fábrica que luego se quemó, que trasladó la producción a Bolonia, haciendo famosa la empresa Borgo Panigale. Por desgracia, de vez en cuando, sobre todo al limpiarlo, se empañaban los grupos de luces, los ojos de gato, diseñados por el Sr. Tamburini, el ingeniero que lo diseñó. El único defecto, por lo demás no sólo tenía una línea sensual y moderna, a pesar de estar fabricada en 1997, sino que seguía siendo muy rápida con sus cuatro inyectores bombeando en las dos válvulas. Se trataba de un motor desmodrómico, que aún no era de los de cabeza roja, pero que seguía siendo un motor de alto rendimiento y potencia, que estaba a la altura de muchos superdeportivos.

Se puso el casco y bajó la visera. Se le esperaba en Londres para comer. Una vez que el motor se puso en marcha, se oyó el famoso sonido chirriante de la correa de distribución, realzado por el carbono Termignoni.

Se pone en marcha al principio y se pone en marcha.

La carretera estaba llena de hermosas curvas, razón por la cual había elegido la moto para ir a Londres. Conocía muy bien esa carretera y era estimulante para una motera delgada y ágil como ella.
El único inconveniente fue la lluvia. Había elegido los neumáticos adecuados, los Pirelli Diablo Rosso Corsa eran apropiados para el frío y a veces resbaladizo asfalto.
La calle estaba desierta, aunque era verano. Y seguía lloviendo, nunca se acostumbraría al clima de Londres.
Oyó un ruido redondo y rugiente que se acercaba a ella, seguramente otra moto.
Pudo verlo en el espejo, un coche desnudo.
Se estaba acercando.
Dejó que se acercara, tenía ganas de un duelo de motos, rompería la monotonía de una carretera desierta.
Aquí está.
Era un chico en una tonta Triumph negra.
Llevaban unas gafas que debían cubrirles y protegerles del aire y de los insectos, con los cascos abiertos y un pañuelo sobre la boca. ¿Pero qué podría proteger un pañuelo?
Sólo eligió cascos integrales y trajes completos con protectores de espalda. No es casualidad que fuera tan rápida. Porque se sentía segura e imbatible.
Ven con tu media bicicleta...
Cambió a quinta velocidad y aceleró. Lo perdió inmediatamente. En la primera curva, redujo la marcha y le esperó. Ahí estaba, sin aflojar,

él también había acelerado. La moto debía ser de última generación porque parecía tener un excelente par motor y una buena potencia.
Habría sido divertido.
Siguieron unas cuantas curvas, persiguiéndose, la carretera estaba realmente desierta. En un tramo recto, se alejó de él. Pero la lluvia la hizo frenar. Ahora se ha intensificado. Subió, mejor no arriesgarse. La alcanzó.
La paciencia. La seguridad de su moto, ante todo.
Se giró de nuevo y entonces notó un riachuelo de humo que salía de la carretera.
El motorista estaba en el suelo.
La moto echaba humo a pocos kilómetros, también tumbada.
Deficiente, evidentemente había resbalado.
Se detuvo.
Se bajó y se acercó al motorista.
Estaba inclinado.
Le tocó el hombro.
"Ayúdame a quitarme el casco, soy médico".
"Sí, ahora mismo".
Abrió la visera y, bajo la lluvia, ya no pudo ver nada.
Le dio la vuelta. Realmente no debería haberlo hecho, no se mueve un cuerpo. Pero si era un médico...
Se desabrochó el casco y se bajó la bufanda.
"Por favor, quítame las gafas y el casco. Estoy bien, no te preocupes. Me protegieron".

Helena asintió con la cabeza. Ella procedió.
"Mejor, gracias. Ahora estoy respirando".
"Ayúdame a levantarme, por favor".
"No creo que pueda, debe pesar al menos 90 kilos. Sólo peso 60 kilos".
Siempre había aprendido a no exponerse primero. Así es como se gana en el ring. Volando como palomas y atacando como águilas.
Ella le hizo un palo y él se levantó.
Era tan alto como ella se imaginaba, quizá hasta 1,80 metros, bien construido, hombros anchos, barba roja.
Un hombre guapo.
"Estoy bien".
"¿Puedes llevarme a casa? No estoy muy lejos. Vivo en Brungenwald".
"¿Pero dejas el Triumph aquí?"
"Si me ayudas, lo sacaré de la carretera. Entonces mi mecánico se lo llevará".
"DE ACUERDO".
Levantamos con dificultad la moto, que pesa unos 190 kg, y la empujamos hasta el borde de la carretera.
"¿Puedes llevarme? Parece un monoplaza".
"De hecho no, no podría, el chasis es endeble, te apoyarías en los escapes calentándolos demasiado. Sin embargo, puedo ir a la ciudad y conseguir algo de ayuda para ti".
"Me duele el hombro. No es cierto que no esté herido. Te reembolsaré cualquier daño".

"Los daños en mi moto no son reembolsables. Además, no te he dicho que aceleres como un imprudente".

"Ayúdame, por favor, quiero acostarme y tomar un analgésico. Voy a hacerme una radiografía por la mañana".

"De acuerdo, puedes sentarte en el borde exterior de la silla. Por suerte, soy pequeño y no lo ocupo todo. Me empujaré sobre el tanque, deberíamos caber. A falta de pedales, tendrás que conformarte, pero por favor, no te quedes con las piernas colgando, que no tengo patinete. ”

"Podría apoyar mis botas contra el enrejado".

"No veo otra solución. Que sepas que lo siento, sólo lo hago por solidaridad".

"Bien, gracias entonces, eres una buena chica".

"Sube, vamos, ponte el casco".

Los dos subimos, y milagrosamente funcionó.

Fui despacio, sin superar los 60 km/h.

Brungenwald estaba cerca, a poco más de 20 km. Ya podía ver los primeros asentamientos en la cuarta curva.

Grité para que se me oyera por encima de los Termignoni: "¿Adónde te llevo?".

"En la casa que está al final de la calle, la ves, tiene las crestas de mi casa y está rodeada de rosas".

Era cierto, aquí está. Hermosa casa de estilo victoriano, típicamente inglés.

Detuve la moto frente a la puerta de madera.

"Aquí estamos, el servicio de taxi ha llegado a su destino".

Se bajó.

No he apagado la moto. Quería seguir adelante.

"¿Puedes bajar, por favor? Necesito tus datos para el seguro".

"¿Cómo? ¿Incluso? No, vamos... Tengo que seguir adelante, no me interesa tu compensación. Eres rico, es obvio. Devuelve la moto, probablemente esté arruinada".

"Exactamente, por favor, coopera, si declaras que estábamos cerca y que me salí de la carretera dentro del límite de velocidad y debido al asfalto mojado, la compañía de seguros probablemente me indemnizará por los daños. Sólo necesito sus datos, y mi secretaria se pondrá en contacto con usted. Cinco minutos.

"Por supuesto que eres persistente. Está bien para que la moto pueda descansar. ¿Tienes algún lugar para mantenerlo seco? De lo contrario, no me detendré si sigue lloviendo".

"Pero sí, por supuesto, tengo el garaje. Seco y cálido. También para dejar descansar los neumáticos y el motor".

"De acuerdo entonces".

"Te mostraré, sígueme".

Volví a subirme a la moto, bajé la visera y ya no se veía nada.

La lluvia caía a cántaros. ¡Dios mío, era verano!

El garaje estaba a pocos metros, abrió las puertas y me indicó que aparcara en la plaza de la moto. Junto con la moto había dos Bentleys y un encantador Porsche 996, blanco con rayas azules.

"Puedes dejar el casco en la moto".

Me quité el casco.

Mis rasgos eran tan fuertes como mi personalidad. Saber que a los hombres les gustaba. Ojos negros, gruesas cejas negras y pelo color miel recogido en una larga trenza. Yo era el vikingo.

En la lucha libre, si eres hermosa, consigues los mejores personajes.

"Ven, tal vez un té caliente te calme. O un poco de caldo caliente. Mi ama de llaves cocina un caldo de capón, fantástico".

"El caldo está bien, gracias".

Le seguí hasta la casa.

Me llevó a un estudio.

"¿Quieres quitarte el traje?"

"Sí, de acuerdo, debajo tengo mi calcetín de punto y mi camiseta. De acuerdo".

"¿Dónde?"

"Donde quieras. Tengo cinco habitaciones de huéspedes y cinco baños".

"Si me das una habitación, esto va a ser un negocio largo. Indícame el baño de servicio o me lo quito aquí en el estudio y será más rápido".

Estaba acostumbrada a desnudarme delante de los hombres, en la lucha libre las competiciones eran a menudo promiscuas y los vestuarios únicos por falta de fondos.

Me bajé la cremallera de la chaqueta y empecé a quitármela.

Parecía desinteresado, rebuscando en los cajones de un escritorio de caoba.

Me quité las botas y me saqué el mono. Entonces me puse las botas de nuevo. Debajo llevaba un traje de kevlar ajustado. Muy cómodo.

"Eres musculoso".

"Como muchos".

¿"Caldo"? Y luego la declaración. Así que yo también me cambio, estoy todo mojado".

"Sí, está bien".

"Te dejo en las capaces manos de la Sra. Boff. Subiré a ponerme un traje y estaré contigo".

Apareció una señora mayor, regordeta, que caminaba mal, quizá con el ligamento de la rodilla roto o curado, pero dolorida igualmente.

"Te has resfriado ahí fuera".

"Es verano, increíbles los páramos".

"Ven a la cocina. Te serviré algo caliente. Estarás bien después".

La cocina era enorme, con una gran ventana que daba al jardín.

La luz entraba a raudales, reflejándose en las sartenes de acero colgantes. En el centro había una hermosa mesa blanca y dos bancos.

Me senté.

"Toma, bebe".

El olor era fantástico, de carne cocinada durante horas a fuego lento para capturar la grasa y el cartílago. Estaba repleto de proteínas.

Bebí, sintiendo que el líquido caliente bajaba por mi garganta, hasta llegar al estómago.

La verdad es que estaba un poco cansado. La cabeza me daba vueltas.

Tal vez me he excedido en el trote de esta mañana por todos esos kilómetros, casi 30 km, aunque sea en llano, ha sido todo un esfuerzo.

La cabeza me daba vueltas.

"Disculpe, ¿puede darme un poco de agua?"

Tenía la boca hinchada, veía doble, parecía borracho.

Pero antes estaba bien. ¿Qué había en la sopa? ¿QUÉ HAS PUESTO EN MI CALDO? Me levanté, no podía hablar, todo daba vueltas, todo daba vueltas.

Y entonces se hizo de noche.

CAPÍTULO ONCE

Anna vio a la rubia caer al suelo.

Hizo una gran explosión.

Era menos huesuda que las tres anteriores.

De hecho, se veía musculosa y tonificada.

A estas alturas había caído en una especie de apatía. Ya no frecuentaba la sala de los horrores. Intentaba asustarlos, algunos olían el miedo e intentaban escapar. Pero siempre las recuperaba. Ahora había empezado a drogarlos. Eliminó el problema de la fuga.

Imaginó que quería deshacerse de ella, que se arrepentía de haberla matado.

Cuando supiera dónde estaba su cuerpo, se iría para siempre. Estaba asqueada. Mejor terminar en el infierno.

Allí estaba, había escuchado el golpe.

La tomó en sus brazos. Esta vez como una mujer, no como un saco de carne listo para ser sacrificado.

No estaba desnudo, pero tenía una media sobre la cabeza. La Sra. Boff había desaparecido. Llevaba un chándal de algodón claro y una camiseta.

La condujo al primer piso, abrió la habitación lavanda, la de la cama con dosel. La colocó en la cama, en el centro.

De los bolsillos de su mono, sacó más medias y comenzó a atarlas al borde de la cama. Manos y pies. Este era diferente. Había estimulado su imaginación.

Tomó las tijeras y cortó el kevlar. La soltó, dejándole el sujetador y las bragas puestas.

Era realmente muy musculosa. Era delgada y tonificada, pero con todos sus músculos bien definidos.

Definitivamente era un coche deportivo.

Gimió, despertándose.

"¿Dónde están? ¿Qué ha pasado? ¿POR QUÉ ESTOY ATADO?"

"No debes temer, nos divertiremos y luego te dejaré ir".

"¡ODIO A LOS HOMBRES! ¡DÉJAME AHORA!"

Una lesbiana, aquí es donde comienza la diversión.

Puso cara de asombro y se quedó quieto un segundo. Nunca había escuchado esa voz del hombre de los calcetines. Anna nunca había escuchado esa voz. Sonaba como una vocecita infantil. Diferente.

Esto era difícil, ella lo había intimidado, tal vez.

También parecía vagamente entintado, menos robusto que de costumbre, quizás más bajo.

Anna decidió ayudar a la chica, desató una media, sólo parcialmente, el resto lo haría tirando. Uno del tobillo izquierdo. Se dio cuenta de la jugada que se le permitió a la izquierda.

"Acércate, no puedo oír. ¿Qué quieres de mí?" Se acercó.

Entonces la vi tomar aire en sus pulmones, apretar los abdominales y asestarle una potente patada con la pierna recta a la cabeza.

Ella le golpeó, la sorpresa y la fuerza introducida la beneficiaron, él perdió el equilibrio y se golpeó contra el otro borde de la cama, completamente desequilibrado.

Anna decidió desatar también el otro pie. Aquí por fin se divertiría. Entonces la pequeña rubia se acurrucó en un huevo y dio una patada con los pies juntos directamente en su cara. Lo golpeó de lleno y salió volando de la cama al suelo. Un gran reguero de sangre manchó la media a la altura de la nariz. Por fin vemos tu sangre, cerdo.

Volvió a agacharse como un huevo y buscó la media que le ataba el brazo izquierdo. Metió el pie y tiró todo lo que pudo para liberar su mano. Había resucitado.

La miraba desde el borde de la cama, de pie, completamente estupefacto.

Estúpido ser humano. ¿Creías que eras invencible?

Agarró el palo del toldo clavando la última muñeca con las dos manos, hizo palanca con las piernas y le dio otra patada, dirigida al estómago. Podía oír claramente el aire y la saliva que salía de su boca. Era demasiado fácil...

Se agachó para recuperar el aliento; ahora comprendía que su oponente era mejor que los demás.

Soltó la otra mano. Puede que se haya lesionado la muñeca izquierda, pero no se ha detenido. Se incorporó rápidamente, alejándose del mullido colchón y buscando el duro suelo.

Apretó los puños. Y comenzó a saltar. Era una boxeadora. Estuvo muy bien.

Se acercó a él con los pies separados, dando saltos pero se notaba que estaba plantada en el suelo. Le envió un golpe de izquierda y otro de derecha, a la mandíbula y al pómulo, que perdió el equilibrio y se tambaleó hacia atrás.

Entonces se acercó, protegiendo su cara con los puños y agachándose, con un uppercut dirigido a su estómago.

Se agachó en el suelo, en cuclillas.

Entonces hizo algo que yo sólo había visto en los combates de lucha libre, saltó hacia arriba, hizo una pirueta para estrellarse con el codo extendido, contra su estómago en el suelo. Empezó a toser.

Lo sostuvo en el suelo. Volvió a saltar para chocar con los dos pies extendidos para golpearle con los talones y todo el peso de su cuerpo. Eligió el pubis.

Lo había dejado inconsciente.

Podía oírle gemir como una niña pequeña. Se estaba sujetando el estómago y la polla. Un espectáculo repugnante.

Tenía que advertir a esta diosa sobre los otros, para que los liberara, o los matara, o ambas cosas. Y que descubriría mi cuerpo.

Oímos pasos.

Podría haber sido la señora Boff.

Se escondió detrás de la puerta. Era muy inteligente.

La puerta se abrió de golpe. Era Henry, barba roja, ojos azules. No había ninguna duda al respecto.

Me sorprendió. Siempre había asumido que era él, pero no lo era.

"¿Qué estás haciendo, idiota? ¡Levántate! ¿Dónde está la chica? Te dije que era una apuesta arriesgada, me di cuenta de que era dura".

Quién era el hombre en el suelo. Se conocían.

"Quítate el calcetín tonto, que no se entiende lo que dices y luego no respiras. ¡Te has roto los dientes! Estás sangrando".

"¡Es wi, es WI estaba en orta!"

"¡Qué dices imbécil, quítate este calcetín, te los dio como si fueras un niño imberbe!"

Henry se inclinó sobre él y lo liberó de la media.

¡Fue el mecánico! El mecánico que había llevado mi coche, el coche Smart a arreglar".

La ira que se acumuló en mí fue irremediable.

¡Escoria asquerosa, fuisteis cómplices!

Siempre me pregunté por qué la policía nunca me buscó.

El mecánico señaló detrás de Henry.

La luchadora estaba allí, estaba preparada. Giró sobre su pierna extendida y golpeó a Henry en el cuello. Cayó a un lado.

Luego tomó su cabeza entre sus muslos y lo inclinó, utilizando su propio peso. El golpe en el suelo fue como un cuarto de buey en el mostrador del carnicero.

Henry estaba en el suelo, en posición supina.

Se inclinó hacia un lado y volvió a poner el codo justo en su estómago.

Entonces se levantó y le dio una patada de lado, en su lado expuesto.

Era un verdadero saco. Se tomó la cabeza y la golpeó con fuerza contra el pie de madera de la cama de cuatro postes. Un sonido de madera golpeada resonó en el silencio.

Tenía la ventaja, podía huir.

Vamos, vete.

Vio el teléfono, lo cogió y marcó el número de la policía local, el 111. "Estoy en la casa del Sr. Henry, se está incendiando, vengan rápidamente, el fuego se está extendiendo".

Este era realmente el progenitor de una raza superior.

Bajó las escaleras.

Las sirenas se oían en la distancia, todo había terminado.

Se habrían enterado de todo.

Las mujeres, los asesinatos, la brutalidad, los abusos.

Ahí está el coche patrulla. Era un aparcamiento. El policía salió, "Señorita, hemos recibido una llamada urgente informando de un incendio, pero no veo ninguna llama, y ahí está usted en ropa interior. ¿Dónde está el Conde?"

"Lo explico todo. Estoy en ropa interior porque me drogaron y querían violarme y luego quién sabe qué".

"¿Dónde están? ¿Había más de uno?"

"Sí, en dos, les di una buena paliza. Están noqueados. Este Henry y otro, nunca lo he visto. Arriba".

"El policía hizo una señal a su compañero para que bajara".

Eran fuertes, entrenados, altos. Tuve un terrible déjà vu. Se me saltaron las lágrimas, lo reconocí.

Me había matado.

"Señorita, acérquese, ahora la protegeremos".

NOOOOO

DEBO ADVERTIRTE!!! ¡¡¡NO VAYAS!!! SON ELLOS!!! ELLOS. TODO EL MUNDO!!!!!

Puse en marcha la sirena del coche.

Ella se detuvo. Estaba de nuevo en alerta.

Adelanté el coche para ponerlo entre ellos y ella.

"¿Qué está pasando? ¿Sacaste las llaves?"

"No, quiero decir que sí, puse el freno de mano. No sé cómo se movió".

"Señorita, venga, la llevaremos a la estación".

Volví a hacer sonar las sirenas.

"¿Qué está pasando? Sube al coche, ¡mira!"

¿Por qué me mataste? Ni siquiera me violaste, sólo me mataste. ¿Por la sangre? ¿Por la adrenalina? ¿Porque te sentías el macho alfa?

Todavía no era lo suficientemente fuerte, pero me hubiera gustado lanzarle el coche, justo encima de la cabeza, y verlo aplastado miserablemente bajo su peso de chapa.

La chica se acercaba, iban a atraparla y llevarla a la casa.

"Vamos, pórtate bien, te haremos firmar la declaración, tenemos que llevarte a la comisaría, sube al coche..."

Tal vez la insistencia del sargento, o el hecho de que tuviera una mano apoyada en el bastón metido en el cinturón y otra adelantada para agarrarle el brazo en cuanto se pusiera a tiro, fue lo que alertó a la boxeadora.

La vio retirarse. De vuelta a las escaleras y hacia el porche. Estaba considerando cómo moverse, cuáles eran sus posibilidades.

La moto estaba en el garaje.

El garaje estaba a 100 metros a la derecha, junto al porche.

Detrás de él había dos individuos inmovilizados, pero que se recuperarían en pocos minutos, quizás diez.
Frente a él estaban los dos policías. El primero pesaba 80 kg y el segundo unos 95 kg. El segundo fue agresivo y bien plantado. El otro dudaba, obviamente estaba sometido al primero.
No llevaba las botas de moto, iba descalzo, imposible de conducir así.
Estaban en el estudio de la planta baja.
El casco estaba en la moto. Lo mismo ocurre con las llaves para arrancarlo en la caja.
Tenía gasolina para al menos 100 km, llegando al siguiente pueblo.
Decidió escapar en una moto. Habría envuelto los dedos de los pies para el cambio con trapos para apretarlos. O sujetador y bragas, si no los hubiera encontrado en el garaje. El garaje tenía una puerta de las antiguas no eléctricas, lo recordaba perfectamente, había abierto de un tirón las dos puertas de madera.
El primer paso es desplegar la agresividad, lo más rápido posible.
El otro se habría quedado atónito.
Ella fue inteligente, podía sentir la adrenalina corriendo por sus venas rápidamente, se posicionó en el lado derecho de mi asesino, el lado de la porra. Levantó los puños para protegerse la caja torácica, el cuello y la cara. Era pequeña, apenas llegaba al torso del otro hombre.
Arrancó su brazo derecho, agarró el de él y lo retorció, usando todo su peso para retorcerlo y romperlo.
Estaba aturdido. Oyó un agudo chasquido de huesos, empezó a gritar: "PUTTANAAA"

Intentó agarrarle el pelo con la mano izquierda, la que aún estaba sana, la otra colgaba como una polla flácida de su brazo. Esquivó y lanzó una patada con la pierna recta, girando para ganar potencia. La patada le alcanzó en el cuello. Se tambaleó.

Tenía una ventaja.

El otro se movía, avancé el coche hasta golpearle en las piernas, ligeramente pero la sorpresa, le hizo caer de rodillas. Corre bebé, corre. Tienes la ventaja, quédate con ella. Los otros dos podrían haber llegado en cualquier momento.

La chica corrió hacia el garaje. Estaba cerrado.

Maldita sea. Perno.

Algo para romperlo.

¿Algo para romperlo? ¡Ahora!

Moví la pala del jardinero, la moví literalmente, voló por encima de las cabezas de los presentes, como en las historietas de poca imaginación, y se detuvo junto a ella.

Giró la cabeza a derecha e izquierda. No hay nadie, querida, estoy aquí, evanescente e impalpable, un espíritu, una mujer muerta sin brazos ni piernas, cubierta de mi propio vómito, con un corte en el pecho que parece la autopista de Nueva York.

Abre el pestillo, ahora, como una buena chica. Más tarde pensarás en lo que no has entendido de los hechos.

Clavó la pala perpendicularmente al pestillo y tiró de ella, descerrajó la cerradura y abrió la puerta de golpe.

"¡ZORRA, ME HAS ROTO EL BRAZO!"

Ya venían, ahí está la moto.

Llaves. Perfecto.

No había trapos. ¿Qué estaba haciendo? ¿Desvestirse?

Enrolló su sujetador alrededor de la punta del pie izquierdo y sus bragas alrededor del pie derecho. Se montó en la moto y encendió el contacto. Engranar la primera marcha. Retumbó a través de las paredes cerradas del garaje. Es una gran moto, es una pena que no la haya aprendido en la vida.

Atrás. Casco en la cabeza, no bajado, visera levantada. ¿Por qué no lo abrochó?

Ahora estaba frente al jefe, cargando hacia ella, sosteniendo su brazo colgante.

Aceleró la moto, la rueda chirriando sobre la grava, el freno aplicado.

La nariz apuntaba al atacante.

Quería embestirlo, como un toro en la arena.

Soltó el freno, la moto se encabritó y aceleró directamente hacia él.

Agarró el casco con la mano derecha, extendió el brazo y cargó con toda la potencia de la velocidad de su moto contra el pecho del atacante.

Voló hasta el suelo. Frenó bruscamente, derrapó con la parte trasera, patinó 180 grados y volvió de nuevo con la nariz sobre su agresor en el suelo, sin aliento.

Soltó el freno y se le echó encima, literalmente, con los 200 kg de su Ducati roja.

Luego frenó de nuevo, volvió a poner la primera marcha, giró la moto más despacio y se dirigió a la salida. Se puso bien el casco, bajó la visera y la abrochó.

Gracias, intenso.

En el patio, Henry y el mecánico bajaron.

Ayudaron al tercero a levantarse.

Había ganado, podía irse. ¿Qué la retiene?

Tenían el coche.

Estaba desnuda y con zapatos provisionales, no podría soportar una persecución.

Volvió al garaje, había otros coches.

Levantó su visera.

Gasolina, ácido, aceite de motor, unas cuantas llaves inglesas, un destornillador, unos cuantos soportes para motos.

Puso en marcha el Bentley. Se acercaban, podía oírlos. Y el Porsche.

Abrió el capó del Porsche. Motores viejos, poca seguridad.

Tiró toda la gasolina encima. Goteaba hasta los colectores.

Fantástico.

Volvió a la moto.

Ahora podría volver con el trío.

Los encontró de pie, uno al lado del otro, procediendo de forma compacta con las porras en las manos.

Estaban a medio camino entre el coche de policía aparcado en la entrada y el garaje que pronto detonaría.

Querían tirarla de la moto, no tenía suficiente espacio para acelerar.

Me necesitaba.

Giró descaradamente el acelerador de la moto y bajó la visera.

Quería ser la bola de billar.

Temía por ella.

Se marchó, era el juego de los duros, el que cedía se quedaba sin caballo.

Apuntaba directamente a Henry, en el centro.

Se agachó en el último momento, le clavó las garras en el pecho y la sacó de la moto.

La ducati se paseó durante dos minutos y luego se plantó en el coche.

Helena estaba en el suelo, su casco había protegido su cabeza, pero su cuerpo estaba excoriado en la espalda y las nalgas.

Estaba sangrando.

Se levantó con un pequeño salto.

Henry quería atraparla, abrí la puerta principal, ella tenía que ponerse a cubierto, encontrar algunas armas, algunos zapatos. Y lucha.

Comprendió, corrió hacia la puerta y la cerró tras de sí. Era demasiado ágil, Henry no la vio por un segundo y se encontró con la puerta golpeada contra ella. La mantuve cerrada con ella.

Podía sentirlos.

"¡¡¡ABRE, PERRA!!!"

Era el momento de mostrarle su teatrillo, ella entendería e imaginaría un remedio adecuado.

Estaba sangrando.

Se quitó el casco.

En el estudio encontró las botas y se las puso inmediatamente. Los monos eran inútiles, habrían hecho incómodo cualquier movimiento.

Le abrí otra puerta, de lado en el pasillo.

"¿Quién está aquí?"

¿Lo has entendido? No tuvimos tiempo de la hermosa y atrevida Helena.

Adelante, haz preguntas después.

Le encendí la luz de la escalera.

Era obvio, tenía que bajarse.

No te preocupes, cerraré todas las ventanas y puertas por ti.

No entrarán por el momento.

Helena bajó los peldaños, uno a uno, vacilante.

Otra puerta, abierta de par en par para ella, otro pasillo iluminado.

Sé bueno, sigue las migas de pan, te llevarán a la horrible verdad.

Vio la sala de operaciones, estaba impecable. La Sra. Boff era una maravillosa ama de casa.

Lamento haberla molestado, era una chica muy buena.

Abrí la última puerta.

El espectáculo fue espantoso.

Las camas del hospital, metódicamente dispuestas en círculo.

Treinta y cuatro mujeres, tres en estado avanzado de embarazo.

Sin brazos, sin piernas, con muñones cicatrizados, atados por la cintura y la garganta a sus ataúdes.

Maquilladas y peinadas, algunas afeitadas en los genitales, completamente desnudas. Dos de ellas tenían piercings de plata que adornaban sus pezones.
Un montón de analgésicos y soluciones fisiológicas colgando de las camas. Sedantes para el dolor y la agonía.
Estaban vivos, despiertos. Enfadado.
"¿Quién es usted? ¿Cómo has llegado hasta aquí?"
"¿Eres de la policía?"
"¡Estás desnudo! Quería cortarte... ¡huyes! ¿Dónde está?"
"¿Lo mataste?"
"¡Llama a la policía!"
"¡No! ¡Mátame! No puedo aguantar ni un minuto más de esta vida".
"Mátame a mí también".
Habló Clara, la hermosa Clara, su pelo rubio había crecido un poco, ahora cortado.
"Creo que estoy embarazada, hace dos meses que no tengo la regla, creo que son dos meses, el tiempo parece relativo. Por favor, mátame. No puedo volver con mis padres, con mis amigos".
Estaba sollozando.
Helena se limpiaba las lágrimas, no me di cuenta de que lloraba. Lloró como los hombres, en silencio, con largas lágrimas goteando de sus ojos, sobre su pecho y sobre el suelo.
Susurró: "No puedo. Por favor, llamaré a un médico. Le pondrán prótesis. Estoy seguro de que hay una manera de arreglarlo".

"¡Me violaba todos los días! Llega con la polla dura y me la mete en la garganta. No puedes arreglar eso".

"Yo también, mueven las camas al centro, creo que son diferentes, aunque lleven medias, una vez una es gorda, la otra es más baja. Luego está el médico. Tiene barba, se puede ver bajo la media".

"Los conozco por sus pollas. Todos son diferentes".

"También lo hacen con el consolador, en el culo, nos ponen en el medio. Para los demás. Entonces nos convierten como quieren, somos muñones. ¡DÉJAME MORIR!"

"No yo, no puedo hacerlo. Tengo que ir ahora, están fuera. Tengo que ir a la policía de verdad y traer a un médico".

Helena, no podrías entenderlo. No había forma de arreglarlo.

Este era un presente ineludible.

Se secó las lágrimas con el brazo.

Di dos portazos.

Lo entendió inmediatamente, se dio la vuelta y bajó corriendo las escaleras, pudimos oír sus gritos en la distancia.

La llevé a la cocina.

Los fuegos de las cocinas están encendidos.

"¿Quién está aquí conmigo?" Ahora tenía la voz pequeña, estaba realmente asustada. No quería quitarle la fuerza, sino ayudarla.

La señora Boff apareció en el umbral.

"¿Qué está pasando? ¿Quién llama así a la puerta?"

Vieja gorda, lo sabías todo y lo toleraba. Cocinaste tu estúpida sopa de carne y pensaste que con la barriga hinchada nos violarían más alegremente.

En ese momento, un rugido atronador conmovió el aire.

"¿Qué está pasando? ¡Jesús! Es una explosión".

Helena le dio un firme puñetazo en el vientre y otro bien dirigido en la mandíbula. Oímos claramente un crujido. Probablemente ahora estaba rota.

La anciana cayó sobre el frío mármol de la cocina.

He levantado la llama de los fuegos.

"¿Quién es usted?" Helena miró al techo.

Chica tonta, estoy justo detrás de ti.

Pero no tenemos tiempo para conversar y además siempre he sido una mujer de hechos.

Soplé sobre la llama de los fuegos.

El olor a gas era muy fuerte ahora.

Helena tosió.

Abrí la ventana del jardín. Qué hermosos sauces, qué bien se movían con el viento cálido del fuego en el jardín. Pronto llegaría a la casa.

Henry y sus compañeros se dirigieron al garaje, intentando apagar las llamas con dos mangueras.

Podríamos apostar, ¿llegarían primero los bomberos o el fuego a la casa? ¿Y cuánto tiempo tardaría en explotar?

Helena tomó el camino más largo, regresó a la entrada y recogió la bicicleta.

Estaba rayada en los hermosos carenados rojos, pero aún era funcional.
Ya no tenía casco, pero ahora llevaba botas.
"Me voy, gracias. ¿Puedes oírme? Gracias".
Abrió el gas y se fue en pocos minutos.
La miré, me gustó Helena.

CAPÍTULO DOCE

Helena se detuvo en el Bistro, desde la parada del autobús.

Estaba desnuda, conmocionada.

Tuvo que hacer al menos una llamada telefónica y pedir prestada algo de ropa.

Entró, la puerta sonó, alertando a la persona del mostrador.

Una mujer alta, de mediana edad, de pelo rubio y con algunos mechones de pelo grasiento pegados a la parte superior de la cabeza se acercó a ella.

"¿Qué pasa en la casa del conde? ¡Vienes de allí! ¡Estás desnudo! Te escapaste. Oímos un golpe terrible".

Ahí están las sirenas, efectivamente. La casa fue detonada.

"Necesito hacer una llamada telefónica. Y necesito algo de ropa".

"¿TE HE PREGUNTADO QUÉ PASÓ CON EL CONDE HENRY?"

Helena se advirtió a sí misma. Fue demasiado agresiva, ¿por qué esa reacción?

"No lo sé. Me caí en la moto".

Retrocedió lentamente hacia la puerta.

"¡LO SABES! ¡¡¡ESTÁS DESNUDO!!! ¡TE REBELAS! ESCAPAS".

"¿Escapar de qué?"

"Quieres rebelarte, quieres ser una mujer emancipada, con una moto, las tetas al viento... nosotros aquí con los que son como tú, nos divertimos mucho, ¿sabes?"

"Sí, ustedes juegan muy bien".

La mujer se había puesto roja, una vena palpitaba incesantemente a la altura de su sien.

Se detuvo en medio de la habitación. Tenía las piernas separadas y respiraba con dificultad, tratando de inhalar todo el aire de la habitación por la nariz y la boca.

Sus ojos parecían salirse de la órbita al estar tan abiertos.

Helena había accedido a la puerta principal y empujó ligeramente con una mano para salir. El trino.

Un vientre hinchado y suave la detuvo.

"¿Adónde vas, linda, coño?"

Un hombre corriente, con una camisa de cuadros rojos y blancos, mangas remangadas y vaqueros desteñidos. Olía a estiércol. Tenía un horrible bigote de arlequín.

"Me gustan mis cenas... no te vayas todavía".

Sostenía una cuchilla afilada, de las que se usan para cortar carne.

Lo clavó hasta el fondo en el abdomen de Helena, en horizontal, como un bonito cinturón con clase.

Helena se quedó atónita. ¿Había sucedido realmente?

Después de todo ese esfuerzo, se había dejado ensartar por un vientre pútrido que parecía un Hells Angels?

"¿No quieres que me ponga a dieta ahora que la carne sabe tan bien?"

Se la habían llevado.

Se estaba muriendo. Sintió que los latidos de su corazón se aceleraban y que su sangre se agotaba. Tenía que calmarse o habría ayudado a que la sangre fluyera. Tal vez fue su hígado.

Había leído que era una muerte muy dolorosa. Ahora no siente nada.

Una idea. Una idea que le valdría la salvación.

Se tambaleó hacia el centro del pub. Se le nubló la vista.

La mujer dio un paso atrás. ¿No quería ensuciarse?

La sangre se derramaba, goteando en sus piernas, goteando en el suelo.

"Ayuda". Era débil. Con un punto inamovible. La vida se le escapaba entre las piernas. Y moría desnuda con botas, con una cuchilla clavada en el vientre que la partía en dos.

La mujer sonrió.

Helena cayó de rodillas.

Intentó limpiar la herida con las manos.

Dios mío, cuánta sangre. Era de color rojo oscuro, grueso. Venosa.

Estaba condenada.

"Cocinaremos este, es musculoso, la carne tendrá que estar bien marinada, de lo contrario quedará fibrosa".

Se los comieron. Se comieron los brazos y las piernas y de algunos, todo el cuerpo.

Se lo habrían comido.

El asco era abrumador, las náuseas la abrumaban, le hacían regurgitar adrenalina.

NOOOOOOO

Embistió a la mujer como un toro con la cabeza baja.

NO QUIERO MORIR

¿Lo estaba gritando? Sin embargo, en su cabeza era un grito poderoso.

La perra cayó al suelo.

Los Ángeles del Infierno se acercaron, con las manos extendidas como si fueran muertos vivientes, murmurando algo así como *"te atraparé"*. Pero ahora no podía oírlo. El trueno de su corazón retumbó en su cabeza. Tenía poco tiempo antes de desmayarse y morir desangrada.

No moriría sola.

Ella nunca se convertiría en una fofa barriga de ese apestoso hombre.

Entró en la cocina. La persiguió, pero fue torpe.

Había perdido la pista de la anciana.

Al fondo vio una puerta.

La empujó con el hombro. Se sujetó la cuchilla y el vientre. Cogió un paño de cocina y lo envolvió para compactar aquella nueva escultura en su abdomen. Tuvo que evitar que la sangre se drenara rápidamente.

Más coches aparcados fuera. Un Chevrolet rojo tenía la ventanilla bajada, estaba abierto. Ha entrado. Sube la ventanilla y cierra el coche.

El imbécil se golpeó la barriga contra la puerta cerrada. Estaba barandilla y golpeaba el capó con sus manos rechonchas.

No había llaves.

Tranquila, Helena, tranquila. ¡Joder! ¿Qué calma? ¡Me estoy desangrando!

Tomó los cables bajo el volante, los cortó y los acercó. El coche arrancó.

Era una caja de cambios automática.

Ya nadie quería conducir con marchas.

Puso el coche en marcha atrás, el hombre grande dio un paso atrás, sin esperarlo.

Volvió a dar un paso atrás, luego aceleró y le golpeó de lleno en la cintura.

Rebotó en el capó.

Helena se puso en la espalda.

Se coció como una barra de pan sacada del horno, sobre el asfalto.

Puso el acelerador en marcha y pasó por encima de él una vez.

Luego puso la marcha atrás y volvió a pasar.

Vio su cabeza aplastada en el asfalto.

Tenía que decidir, ¿murió allí en ese coche?

¿Intentar llegar a un hospital en Londres?

Tenía una autonomía de 250 km. Podría haberlo hecho.

Y la herida, duraría alrededor de una hora.

No. Definitivamente no.

Pero la esperanza, ese delgado gancho con la supervivencia, la empujó hacia Londres.

Dio la vuelta al coche.

Y se fue rápidamente.

EPÍLOGO

La policía encontró el Chevrolet rojo a pocos kilómetros de Londres, la conductora, reconocida como Helena Dickinson, había muerto de un aparente ataque con arma blanca.

La autopsia no reveló ningún estado alterado.

No hay relación con el propietario del coche, que se llevó de la ciudad de Buchenwald a pocos kilómetros, James Fricktorn, un contable.

Fricktorn dice: "Había aparcado el coche para tomar un aperitivo en Angus's Bistro".

ÍNDICE

UNA VIDA DE BIBLIOTECAS ESTELARES
Gruppo A.V. Italia S.r.l.
Número de IVA 03624001206

PUBLICADO EL 14 DE AGOSTO DE 2021, BOLONIA

www.ingramcontent.com/pod-product-compliance
Ingram Content Group UK Ltd.
Pitfield, Milton Keynes, MK11 3LW, UK
UKHW022019190726
13853UKWH00005B/2005

9 791280 619556